Todo Pasa Porque lo Cazan (Sí, con zeta)

Ginger Vermar

DEDICATORIA

*A mi hijito Leonel Patricio para que se ría de las
ocurrencias de su madre.
A mi esposo, pilar fundamental en todos mis proyectos.
A la familia Badilla Rando, quienes nos acogieron aquel 25 de
marzo de 2015.
A mi querida familia, amigos y alumnos.
Y, como siempre, a mis amadas brujas y magos ya que sin la magia
de ustedes (sobre todo de D y H),
esto no habría nacido.*

*Una historia, una película o un libro (como los de J.K.R o los de
Sally Phillips) siempre deja huella, iluminando y ayudando a crear
una nueva historia.*

Capítulo 1

LLUVIA

—Mira, ahí va entrando. Es ella, ¿cierto?

La mujer tras el micrófono y delante de una cámara de televisión, miraba atenta a la novia cuyo rostro cubierto por un grueso velo, salía del hotel escoltada por varias personas de su equipo de seguridad.

Al otro lado, en el set de televisión, un hombre se hallaba transmitiendo en vivo para toda la teleaudiencia. Estaba impaciente pues quería que el canal, en especial su programa matinal, fuese el primero en dar la noticia, pero al ver que Eva Robinson, su compañera de labores en terreno, no estaba logrando lo que él deseaba, las pretensiones de subir el *rating* en ese horario se habían ido al precipicio. La mujer era una más en medio de una veintena de periodistas intentando dar con la escurridiza novia que salía del hotel en medio de un torbellino de flashes y micrófonos, apoyada en un mastodonte de dos metros que impedía el paso de los reporteros.

—Esa no es Rayén Neumann —aseguró mirando el monitor con la transmisión que Eva realizaba desde el sitio de la noticia.

—Lo que ocurre es que aquí todo es muy confuso —agregó ella levantando su cuello e intentando ver más—. ¡Maldito estúpido! —exclamó y miró rápidamente a la cámara, algo afligida y avergonzada—. No te digo a ti, Frank... ni a ustedes queridos espectadores, me refiero al animal que escolta a...

En ese momento el monitor en el set de televisión se puso oscuro y el conductor del programa entendió que la conexión había sido interrumpida. Miró nuevamente a la pantalla, fingiendo una sonrisa.

—Y bien, esperando a que la comunicación se restablezca con nuestros enviados especiales, nos vamos un pequeño corte comercial. Siga en compañía de «La Mañana Vuela», aquí en Canal Veinte. Ya regresamos.

Mientras tanto, en las afueras del hotel, la joven reportera, cubriéndose del sol que le achicharraba la piel, seguía intentando conseguir alguna prueba que demostrara que la mujer vestida de novia, era Rayén Neumann.

—Eva, esa no es Ray —aseveró el camarógrafo, un tipo bajito que resaltaba ante los demás por lo afro de su cabello, luciendo un retro peinado, modelo *Globetrotters*.

—Es posible. Hace dos semanas hicieron el mismo escándalo y no se casaron —reconoció Eva algo apenada sin quitar la vista de la novia que trataba de llegar al vehículo que la esperaba con motor encendido.

—No lo hicieron porque en la iglesia estaba el tal *Estéfano Fany*… ese tipo que se las da de *paparazzi* a la chilena.

—Se llama Esteban Estefany —corrigió Eva.

—Da lo mismo… ¡Eh, mira! Ahí viene otra mujer de blanco… ¿Qué? ¿Más novias? —observó el ayudante.

Con sorpresa vieron que del Hyatt salía otra novia vestida con un delicado traje largo y con cara cubierta… ¿sería la actriz?, pero no estaba sola, sino que venía secundada por varias más, todas iguales en porte y atuendos… y también con sus rostros enfundados. Doce mujeres idénticas a la primera, que se pararon frente a todos realizando un saludo con la mano, cual reina de belleza.

—Eva, creo que nos han vuelto a engañar.

—No solo eso, de seguro Estefany conseguirá la primicia y ni siquiera sabemos en dónde es la ceremonia.

—De todas formas hay muchas cosas que no cuadran, como por ejemplo: si hoy es la boda religiosa, ¿cuándo se casaron por el civil? —Eva frunció el ceño y no supo qué responder.

Mateo miró nuevamente el reloj en su muñeca con algo de nerviosismo esperando a que de un momento a otro llegara la novia. Entendía que, según la tradición, ella debía demorarse, pero conociendo su historial, era imposible no pensar en que tal vez no apareciera...

¡No! Eso no iba a ocurrir.

Al fin se casaría, tal como lo tenía planeado.

La iglesia elegida era una hermosa y discreta capilla en Vitacura, unos cuantos invitados (solo los más cercanos) y los padres de cada uno, lejos del bullicio y de las luces del espectáculo. Paz y tranquilidad era lo que ambos deseaban, aunque afuera caía una lluvia torrencial, totalmente inusual para la fecha, sobre todo si pensaba que el día había amanecido despejado.

Sonrió a su madre quien solo realizó una mueca. La conocía y sabía que esa sería su respuesta, en todo caso, no esperaba más. A un costado vio que el oficial civil había dispuesto el acta matrimonial en una mesita para que él y Rayén estamparan sus firmas, sellando así su unión ante Dios y las leyes. Sabía que aquello era poco habitual, pero la madre d e Rayén, moviendo un par de influencias y cobrando uno que otro favor, había logrado que ambas ceremonias se llevaran a cabo en el mismo momento. Realmente se lo agradecía, así tendría más tiempo para disfrutar junto a su futura esposa.

En ese instante, involuntariamente, aparecieron recuerdos de todo lo que había pasado para llegar a donde estaba, con qué esfuerzo sus padres sacaron adelante la exportadora y en lo poco considerado que fue durante su adolescencia, ya que, aprovechándose del estatus social que tenía por ser hijo de un conocido empresario, se convirtió en un joven indolente, vividor, asiduo a fiestas y a meterse en problemas, todo porque sentía que faltaba algo en su vida. Con los años entendió por qué su padre dedicaba tanto tiempo al trabajo y daba tan poco espacio a la familia.

Porque a él, le pasaba lo mismo…

Cuando asumió la gerencia general de la empresa, luego de finalizar la carrera de Ingeniería Comercial, comprendió que para poseer un cargo de tanta responsabilidad, muchas veces tenía que sacrificar tiempo con los seres que amaba, a fin de lograr metas profesionales. Sabía que no era lo más sano y por eso estaba dispuesto a no cometer los mismos errores de su padre. Ahora existía una mayor automatización y contaba con empleados que hacían un trabajo excelente. Por eso se había preocupado de su noviazgo, de hacer bien las cosas y de organizar todo. Rayén y él se lo merecían.

¿La amaba?, tal vez. Con ella no necesitaba mostrarse exitoso porque lo conocía y lo aceptaba tal cual era. De su pasado despreocupado, ya nada quedaba. Solo se reservaba para ella, la mujer con quien había decidido casarse.

Pero otra vez surgían las preguntas recurrentes: ¿estaba enamorado? ¿Existía realmente el amor? Hasta donde él tenía conocimiento, no. Podría incluso asegurar que ni siquiera sus padres se amaban, que seguían juntos solo por las apariencias y porque unir los apellidos Vicuña y Matte a ambos otorgaba una posición de privilegio en la sociedad. Él mismo había probado ser incapaz de enamorarse. Tuvo muchas aventuras y enredos amorosos, sin embargo, con ninguna de esas novias encontró algo especial, hasta que llegó Rayén. Se sentía bien junto a ella, a pesar de saber que no se trataba de un amor así como solían mostrarlo en el cine, en la televisión o en los libros. Por lo demás, no figuraba en sus planes seguir buscando, pues sabía que ella era la persona indicada para él.

Sonrió al recordar en cómo, casualmente, había llegado la fama a la vida de su novia: una noche, cuando acudieron a un pub en Santiago para divertirse y, luego de un par de copas, ella subió al escenario a cantar en karaoke. Las luces la rodearon y muchos terminaron ovacionándola y coreando junto a ella, *Boys Boys*, pues lo hizo con la misma sensualidad de la intérprete original, revelando en ese momento su beta artística innata, sin saber que entre los presentes había un productor televisivo que se interesó en ella. Ese fue el inicio de Rayén en el mundo del espectáculo, luego vendrían *reality shows*, teleseries y un par de películas independientes. Si hasta en México se habían enamorado de Ray Neumann, la atractiva pelinegra de curvas generosas y busto prominente, que había compartido roles protagónicos con más de un galán famoso y cuyo sueldo estaba muy por sobre el promedio femenino.

Pues bien, con la fama llegó también la poca privacidad. Llevaban más de un año de noviazgo, siendo el centro de atención para la prensa de espectáculos y ya era hora de poner término a todo eso y «sentar cabeza», como decían los padres de ella, aunque los de él no pensaban así. En realidad, Vicente Vicuña se mantenía al margen, lo único que le importaba eran los negocios. Se trataba de Victoria, su madre, quien lejos de estar feliz por esa unión, se manifestaba contraria a la relación, aludiendo que era un juego, que Rayén no lo amaba, que la muchacha lo hacía para tener seguidores en sus redes sociales. En resumen, la futura suegra estaba convencida de que la novia lo único que quería era mayor notoriedad y qué mejor que con Mateo.

—*Pero hoy, todo eso quedará atrás* —se dijo apartando aquellos pensamientos y centrándose en ella, quien en ese preciso instante ingresaba a la iglesia.

Con satisfacción vio cómo Rayén se desplazaba lentamente hacia el altar con un hermoso traje... ¿beige? ¿Y dónde quedó el vestido blanco que supuestamente le había diseñado Romona Keveza? Pero así era ella, tomaba y dejaba a su antojo, no tenía contemplación. De todas formas se veía encantadora... Era una mujer bella y sensual. Otra en su lugar, estaría disfrutando de la soltería, pero tal como él, había optado por el matrimonio.

Se acomodó la corbata y alisó su traje, en un intento fallido por tranquilizarse. Sí, estaba nervioso... ¡muy nervioso! Y Victoria no hacía nada para confortarlo. Al contrario, lo miraba con el ceño fruncido, sentada de brazos cruzados en primera fila, mientras que afuera el agua caía a cántaros. Así de feo estaba el día, como el rostro de su madre, pero eso no iba a impedir la gran celebración que los esperaba. El mejor salón del Hyatt estaba reservado y sería inolvidable: cena de élite, orquesta para bailar toda la noche y una gran torta de novios encargada a la mejor pastelería de Santiago.

Rayén por su parte caminaba a paso lento, sonriendo al futuro esposo. Iba tomada del brazo de su padre, quien orgulloso la sostenía y avanzaba con ella hacia el altar. Unos cuantos minutos más y al fin sería «La Señora Vicuña». ¿Lo deseaba? Sí, claro que lo deseaba. Desde siempre lo soñó... bueno, no de siempre, también tuvo sus aventurillas por ahí... y, ¿para qué negarlo?, fiel-fiel, lo que se llama «fiel» no había sido...

—*¡Oh! No puedo ser tan hipócrita. ¡Pobre Mateo! Si los cuernos se vieran, le llegarían al techo* —Rayén no pudo contener una risotada que sorprendió a su padre—. Son los nervios —agregó rápidamente.

Otros dos pasos más y vio que Mateo sonrió y la miró ilusionado, pero un olor la alertó... Era una fragancia frutal y a bosque de pinos... la combinación perfecta para el desastre.

¡Se detuvo!

Todos quedaron expectantes.

Mateo supuso que algo ocurría y no pintaba para nada bien.

—¿Rayén? —preguntó intentando ir donde ella, pero Vicente lo impidió, tomándolo del brazo.

—Tranquilo, hijo. No es nada —en efecto, debía calmarse, ella caminaría los pasos faltantes y la ceremonia daría inicio. Esta vez sería diferente.

La novia inhaló profundamente, tratando de reconocer el aroma que estaba percibiendo, luego dirigió su mirada hacia el confesionario que tenía las cortinas oscuras cerradas y volvió a oler, cual perro buscando una presa.

Entretanto, algunos invitados giraron para ver qué ocurría, momento en que también la Marcha Nupcial se dejó de escuchar.

Mateo rodó los ojos, pues ya sabía qué se avecinaba.

—¡Maldito! Sé que andas por aquí, siento ese olor a porquería… —susurró Rayén, desviando la senda y siguiendo su olfato. ¡Ahí estaba el origen! Se soltó del agarre de su padre, ante la atenta mirada de los invitados.

Mateo bufó y se llevó ambas manos a la cabeza. Intuía lo que pasaría, ya había visto esos síntomas con anterioridad.

Victoria se puso de pie y se acercó a Vicente que miraba sin entender lo que estaba haciendo su futura nuera, de seguro se trataba de alguna actuación.

—Creo que ha parado de llover —señaló Victoria mirando el vitral que tenía en frente para luego dar un respiro de alivio.

—¿En eso te preocupas? ¿En la lluvia? ¡Mira a nuestro hijo!

—¡Bah! Era de esperarse que algo así pasaría. Además, hace tiempo que ya está *cazado*, igual que un animal para el zoológico —Vicente resopló, dejando de lado a su mujer para aproximarse y ver qué estaba haciendo la novia.

Rayén ya había llegado al confesionario y con un movimiento rápido descorrió el dosel hacia un costado, escuchándose el sonido metálico de las argollas al deslizarse por la barra y vio acuclillado sobre el sillón del sacerdote, a él... su fiel seguidor, con una cámara que ella le intentó arrebatar, pero este saltó del asiento y consiguió sortearla.

—No esta vez, amada Ray. Te tengo registrada —pronunció el hombre cuarentón con pinta de proxeneta desvergonzado que lucía un ridículo mostacho en forma rectangular.

Mateo llegó al lado de Rayén pero ella estaba furiosa, tanto que ni siquiera lo miró. El novio sintió que sobraba, siempre ese tipo le había dado mala espina cada vez que estaba cerca de ella. Era como si Rayén sintiera una especie de «amor y odio» por ese individuo que olía a tabaco y perfume barato.

—¡Tú, maldito mugriento! —gritó Rayén tomándose el vestido con ambas manos para caminar y encararlo, pues Estefany se había apartado un par de metros, procurando que nadie le quitara la cámara que hábilmente había colgado en su cuello.

—*Por favor, sin improperios en el Templo del Señor* —se escuchó la voz del párroco hablando por el micrófono de la iglesia.

—¡A la mierda con todo! ¡Este estúpido nos ha seguido!

—Calma, amor —pero ella no escuchó a Mateo y siguió mirando a Estefany.

—¡¿Cómo diste con este sitio?! ¡¿Por qué no estás con el resto de tus colegas en el centro de Santiago?! ¡Estoy segura de que hay un soplón entre ustedes! —acusó, mirando a los invitados.

—Muchas preguntas, señorita Neumann. Solo soy un buen reportero.

—¡Un reportero de mierda, querrás decir! —espetó furibunda.

—¡Rayén, por favor! —era Victoria quien se había acercado al ver el alboroto.

En ese instante entraron algunos guardias de seguridad que el padre de la novia había salido a buscar. Mateo, sin decir nada, indicó a Estefany que abandonara el lugar. Este hizo una especie de reverencia y salió esquivando a los empleados. Pero, antes de irse, activó una pequeña cámara que tenía camuflada como reloj pulsera y un destello saltó directo a la novia con cara de perturbada, dejando en evidencia que había tomado una última fotografía.

—¡Maldito animal! ¡Te mataré! —chilló Rayén casi fuera de sí, mirando a su alrededor, como buscando algo que le sirviera de herramienta para darle por la cabeza, pero una voz la detuvo:

—*Por favor, dama, le recuerdo que estamos en la Casa de Dios* —otra vez se trataba del sacerdote o del acólito, pero poco le importaba, lo único que quería era borrar de la faz de la Tierra a ese tipo.

—¡Y aunque estuviera en la casa del Papa, también lo mataría!

—Calma, amor. Ya se fue. Continuemos —sugirió Mateo con un tono de voz pausado, tratando de sosegar la situación, en tanto los padres de la novia invitaban a los asistentes para que regresaran a sus asientos y así proseguir con la ceremonia.

—¿Qué? —inquirió Rayén, incrédula—. ¿En serio que quieres seguir luego de esto?

—Pe... pero claro que sí —respondió Mateo con una sonrisa nerviosa, porque temía que volviera a ocurrir lo de hacía tan solo quince días—. Ya lo hemos retrasado antes, amor. Ahora tenemos todo listo, es cuestión de calmarnos. Mira, nuestros invitados nos esperan.

—No, Mateo. Lo siento, pero no estoy en condiciones de llevar a cabo esta boda. Yo no me casaré, a menos que me asegures una ceremonia apartada de todo el mundo, en donde no se acerquen esas bestias... —demandó con el rostro rojo de rabia mirando hacia la puerta por donde había salido quien la asediaba.

—Pe...

—¡He dicho! No me caso —Mateo dio un bufido y se encogió de hombros. Victoria lo miró sonriente y satisfecha.

—¿Y qué haremos con la comida de la recepción? —preguntó Vicente por lo bajo a su esposa.

—Tendremos que donarla al Hogar de Cristo —indicó ella como no dando importancia. Él analizó unos instantes y luego agregó:

—La torta me la llevo a casa.

—Viejo amarrete[1].

---

[1] **Amarrete**: *persona que se resiste o se muestra reacia a dar o gastar. Sinónimo: tacaño.*

Capítulo 2

LLOVIZNA FRÍA CON VIENTO

Y ahí estaba en la vieja embarcación que la llevaba de regreso al lugar de donde se había marchado hacía casi un año. El frío le calaba los huesos, pero no le importaba porque era momento de observar una vez más la majestuosidad del hermoso paisaje que tenía ante sus ojos: divinos ventisqueros y sublimes glaciares yacían frente a ella, creando una postal que pocos en el mundo tenían el privilegio de disfrutar. Ese lugar era maravilloso, casi inexplorado y, sobre todo, único, ubicado en el área sur de Coyhaique[2],

---

[2] *La ciudad de **Coyhaique** se encuentra en el sur de Chile y forma parte de la Región Aysén del General Carlos Ibáñez del Campo. Para llegar hasta Coyhaique existen dos circuitos, uno marítimo desde Puerto Montt o desde Quellón en Chiloé hasta la laguna San Rafael, y otro comprendido por el Camino Longitudinal Austral, que recorre impresionantes paisajes de lagos, ventisqueros, bosques milenarios y un sinnúmero de vistas de singular belleza. Coyhaique es la capital de la región, un centro para emprender interesantes viajes de*

un lugar de ensueño. Tal vez, el sitio más hermoso del sur de Chile, rodeado de bellos nevados bordeando los Campos de Hielo y grandes lagos con riberas lavadas por glaciares.

Respiró profundo y sonrió al sentir cómo gotas de gélida agua le mojaban el rostro y ráfagas de aire puro ingresaban a sus pulmones impregnándolos de nuevas energías. Era una pequeña llovizna que caía provocando que se intentara abrigar, acomodando la bufanda para así seguir extasiándose del entorno, pero la sonrisa se borró de su rostro y el hielo se le trasladó al estómago, al recordar las palabras de sus padres en relación a que no regresara a Hellington a pesar de lo atrayente que podría llegar a ser la herencia de sus abuelos, pues ella estaba hecha para la ciudad, no para un sitio perdido en el mapa en donde el clima era hostil y lo peor, sin un centro urbano cerca. Tal vez muy pocos conocieran el origen de su nombre real, el que se debía a un navegante inglés de nombre Maxwell Hellington quien en el siglo XVIII quedó varado en ese lugar, al cual originalmente llamaron De Los Mil Vientos, con los años el nombre fue variando entre los lugareños, algunos simplemente le decían Los Vientos, pero oficialmente era Hellington, aunque para muchos, sonaba demasiado europeo.

A estas alturas no tenía nada más que perder, había probado que estando en el continente las cosas no se dieron como ella hubiese deseado. Su vida era un ir y venir dentro de una larga y angosta faja de tierra

---

conocimiento, ya que existen territorios aún inexplorados por el hombre, hecho que incentiva el turismo de aventura.

llamada Chile. Hasta antes de ingresar a la universidad había vivido en el norte, luego estuvo unos años estudiando y trabajando en Santiago, en donde no le fue mal, pero decidió que era tiempo de estar con su familia, así que regresó a Copiapó.

Luego del aluvión de 2015 en Atacama[3], sus padres decidieron mudarse donde los abuelos. Allí estuvo algunos meses, pero el clima y la lejanía hicieron que eligiera ir en otra senda. A pesar de ello, lo único que logró fueron amargas experiencias laborales. *Bullying* le decían algunos o acoso laboral; *mobbing* le llamaban los expertos. En fin, lo que fuera, lo había vivido en carne propia al trabajar en un servicio público durante unos meses. Tenía la esperanza de que al llevarse a cabo un Sumario Administrativo ella pudiera demostrar todo el daño que le causó ese par de harpías que decían ser «profesionales», pero una nueva jefatura con lazos de amistad y deudas políticas con una de ellas, desechó toda posibilidad de justicia. Así las cosas, una vez que el resultado vio la luz, en el cual se sobreseyó de todos los cargos a las maltratadoras, decidió que era hora de dar un paso al costado y renunciar. No estaba dispuesta a seguir viéndoles la cara, ni a soportar un

---

[3] ***Aluvión en Atacama:*** *un temporal en el norte de Chile afectó en marzo de 2015 a varias ciudades y localidades del Norte Grande y del Norte Chico. Producto de los desbordamientos de diferentes ríos debido a las inusuales lluvias en el área, ocurrieron inundaciones en las localidades de las regiones de Antofagasta, Atacama y Coquimbo. Siendo Copiapó (Región de Atacama), Tierra Amarilla y Chañaral las ciudades más afectadas, con invaluables pérdidas humanas y materiales. Copiapó se inundó de barro, destruyendo todo a su paso, debido al desborde del río que corre en la ciudad.*

agravio más. Tal vez, la herencia de sus abuelos no fuera una mala idea después de todo, además podría tomarla como un desafío personal... así que optó por regresar a ese rincón apartado del mundo, en donde se inician los Campos de Hielo Sur, y dar espacio a una nueva aventura. Aunque debía reconocer que no era el clima lo que la incomodaba, era ella que no se sentía a gusto en ningún sitio. Estaba dolida, decepcionada de sí misma y, para qué negarlo a estas alturas, también fracasada... a pesar de que su terapeuta le decía constantemente que debía trabajar en el tema de la culpa... que ella era la víctima y no la causante del maltrato. Tal vez la mejor terapia sería olvidarse por un tiempo del trabajo y probar suerte en Hellington.

Sin embargo, regresar no era una opción que tuviera bajo la manga. Estar ahí era fortuito... o tal vez no, sus abuelos se hallaban al tanto de la situación y quizá por eso le ofrecieron hacerse cargo del hotel que estaba casi abandonado, el cual pasaría a manos de ella, como una especie de herencia en vida. Además sabía que era el único sitio en donde tal vez se llegara a sentir en paz. Sus padres lograron hacerse de un espacio en el pequeño pueblo, en donde la familia Palacios los acogió y ayudó. Tal vez sin ellos, hacía tiempo que hubiesen regresado al norte, como lo hicieron sus abuelos. El no tener las comodidades de la ciudad también les era complicado, sobre todo para su padre que era veterinario, pero allí, trabajo no le faltaba.

Miró su mano y ahí estaba la argolla...

Sintió una pesadez en el estómago pues otra

desilusión aparecía en su vida y en sus recuerdos, ¿por qué tan mal le iba en el trabajo y en el amor?

Movió la cabeza en forma negativa y dio un suspiro al aire mientras miraba la engañadora argolla que Mirko Krauss le había dado como muestra de su amor y compromiso —*Volveré dentro de dos semanas y nos casaremos*—, le dijo el muy canalla. Ella, enamorada, como tonta le creyó... y lo esperó... y lo siguió esperando... Se llegó a sentir como Penélope (la de la canción en versión chilena), de tanto esperarlo, pero el tipo no apareció. Solo una noche, al cabo de un par de meses, le envió un mensaje diciendo que iba a ser padre y que por eso no podía estar con ella. ¡Maldito! Cuando ella más necesitaba de una palabra de apoyo, él no estuvo a su lado, aunque sentía que esa herida ya había sanado. Al final de cuentas, no cayó en depresión, ni se cortó las venas. Tal vez, no estaba tan enamorada después de todo...

Ni trabajo, ni amor... todo en su vida estaba en el fondo del mar.

Y, ahora que lo pensaba bien, ¿sería recomendable regresar? El hijo mayor de los Palacios, Juan, le había confesado su amor, siendo rechazado por ella en más de una ocasión. Quizá ahora se riera en su cara de que volviera como el perro del El Chavo del Ocho... «Con el rabo entre las piernas», esperaba no verlo, al menos no tan pronto.

Se sentía como la mala de la película. Nunca le interesó, no era su tipo, le molestaba como hablaba, cómo se sentaba, sus ademanes, sus temas de conversación (sobre fútbol y lucha libre); en resumidas cuentas, no le gustaba. Por eso mucha gente del pueblo la trataba de «creída». Aun así, ahí estaba de vuelta en aquel lugar que ahora era sinónimo de salvación si quería encausar su vida… al menos por un tiempo.

Realmente esperaba no encontrarse con Juan porque no sabía si sería capaz de soportar una burla suya o de escuchar un nuevo reproche.

—*Paula, no fue tu culpa, querías emigrar y ser algo más. Pero debes reconocerlo, te creíste superior… ¡Ja! ¡Aspirabas un cargo de jefatura! Y tú, Juan, soñabas con ser «el salvador del mundo… el héroe». Aunque sí, lo eras, pero eso no te da derecho a andar por ahí como niño bonito intentando cautivar a medio mundo* —él había tenido una gran participación como bombero rescatista durante el terremoto de 2010[4] en la zona central y en eso se apoyaba para creerse un prócer nacional. Lo último que supo de él era que se había comprometido con la insulsa y deslenguada de Lila Burgos. ¡Ja! ¡Gran novedad! Siempre había tenido algo que ver con esa mujer y el muy sinvergüenza la pretendía a ella. ¡Mujeriego imbécil! ¡A ver cómo le iba

---

4 ***Terremoto 2010 en Chile****: (conocido como 27F) fue un sismo ocurrido a las 03:34 hora local (UTC-3) del día sábado 27 de febrero de 2010, que alcanzó una magnitud de 8,8 Richter. El epicentro se ubicó en el mar chileno, frente a la costa de la entonces Región de Biobío (actual Región de Ñuble), cerca de 150 kilómetros al noroeste de Concepción y 63 al suroeste de Cauquenes, a una profundidad de 30,1 kilómetros bajo la corteza terrestre. El sismo tuvo una duración máxima de 4 minutos en las zonas cercanas al epicentro y más de 2 minutos en Santiago. Hubo gran cantidad de pérdidas humanas por el movimiento telúrico en sí, pero por sobre todo, por el tsunami que este generó.*

con Lila! Estaba segura que no sería feliz... No, no estaba celosa. Solo era realista. Además, era pasado y pisado. Juan no era ni siquiera su amigo, ni su amor imposible, no lo extrañaba y tampoco se acordaba de él. Solo ahora que iba en la embarcación recordó que aún le restaba aire a la humanidad al darse cuenta que tendría que encontrase con la familia de él. No le gustaría verlo y casado con otra... ¡y dale con lo mismo! ¿Por qué pensaba en la necedad del matrimonio como una especie salvación o paraíso? ¡Que se casara el feo, si eso era lo que quería! A ella no le importaba.

De los dos (Juan y Mirko), no hacía uno. Ninguno era para ella. Tal vez no estaba hecha para una relación duradera, pero realmente no tenía intenciones de saber si lo estaba o no. Por lo pronto, su horizonte era hacerse cargo del hotel de sus abuelos.

Dio un gran bufido afirmándose del borde de la barcaza, ya que el viento era fuerte en las cercanías del muelle. Su cabello, cual nido de pájaros, parecía tener imán hacia el cielo y no sabía si seguir sosteniéndose del barandal o agarrarse el pelo, porque sentía que con la fuerza, saldría volando. Se aguantó unos segundos mientras advirtió a un par de viejecitas sentadas en un costado que la miraban curiosas y sonrientes. De seguro por lo poco atractiva que se veía con el pelo alborotado.

Volteó porque las señoras no le quitaban los ojos de encima y además ya no corría tanto viento, lo que significaba que quedaba poco para llegar. Se miró la mano y estaba el anillo que Mirko le había regalado. ¿Cómo podía ser tan estúpida y todavía lucirlo, cual si se tratase de la futura señora Krauss? ¡Inepta! Eso era. Una ingenua que creyó en las falsas palabras de un alemán grandulón. Ya lo quería ver en un par de años, con la panza arrastrándole, los brazos flácidos y lleno de hijos… ¡Ja! Como si los años no pasaran para ambos. ¿Qué haría ella en unos años más? De seguro estaría administrando el Gran Hotel Cero Estrellas y ayudando a Ña Berta[5] con sus gallinas ponedoras. Sola, vieja y con un moño apretado, (definitivamente algo tenía que hacer con su cabello).

Dio otro vistazo a su mano y, ciertamente, ya era hora de cortar ese hilo invisible que la unía a un pasado cercano que debía quedar en el olvido. Se lo quitó y lo miró unos segundos, ¿cuánto le darían por ese anillo en la tienda de empeños? ¡Bah! ¡Al fondo del mar, ahí era donde debía estar y ser comida de calamares!

—¡Ándate al infierno! —gritó arrojando la argolla al océano. Las mujeres que estaban cerca de ella, la observaron sonrientes. Paula las miró asombrada, no sabía qué más hacer, pero las viejecitas aplaudieron satisfechas. Parecía que entendían que estaba dejando el pasado atrás e iniciando un nuevo capítulo en su vida.

—Bien, hijita. Los hombres valen callampa —aseveró una de cabello corto blanquecino que lucía unos aretes verdes a tono con sus ojos.

—No, hermana, se dice «tubérculos» —corrigió la otra que parecía algo menor.

—¡Da lo mismo! Hongos, tubérculos, callampas…

––––––––––––––––––

[5] *En Chile se utiliza mucho decir «**Ña**», en lugar de doña.*

Paula sonrió y miró al mar. Al final, las viejecitas sí que sabían cuánto valía un hombre...

Rayén se hallaba en su departamento con una copa en la mano mirando por la ventana. Se había levantado tarde y aún llevaba bata, aunque sabía que dentro de unos minutos tenía que presentarse en el set de televisión para hacer las últimas escenas de la telenovela que estaba grabando, pero ni ganas tenía de ir, tal vez se inventara un dolor estomacal. Realmente el hecho de ser una famosa estrella a ratos la cansaba, aunque era halagador sentirse querida por la gente. Y, ¿qué mejor que coronar la cima del estrellato con un matrimonio con Mateo Vicuña? La técnica de hacerse la difícil y de aplazar dos veces la boda, estaba siendo totalmente fructífera. Mateo cada día demostraba estar más interesado en ella y eso era lo que quería, tenerlo a sus pies, que fuera de su propiedad. Si ya llevaban tanto tiempo juntos, era hora de asegurarlo. Sabía que él la quería, pero que no estaba enamorado, aunque el hecho de haberse escapado en dos ocasiones del matrimonio, había servido para dejar claro a la opinión pública que ella no era una mujer fácil... ¡Bien! ¡Actriz en todo ámbito! A pesar de que ya había pasado demasiado tiempo en que él no había vuelto a tocar el tema del casamiento y eso la estaba inquietando. No, Mateo no se le podía escapar de las manos. Todo debía llevarse a cabo tal como lo tenía calculado. Nunca perdía y no estaba dispuesta a que esta fuera la primera vez.

En ese momento sintió que la puerta se abría, de seguro era él quien llegaba. Dio un respiro y miró otra vez hacia la ventana, como no dándole importancia. Si él no tocaba el tema, lo haría ella.

Mateo la vio de espalda y le molestó que ni siquiera se volteara a mirarlo. Esperaba que la noticia que traía, despertara su interés. No servía un mensaje o llamarla por teléfono porque era lo que ella estaba esperando y, por tanto, debía decírselo personalmente.

—Pensé que te vería en la tarde —comentó Rayén al cabo de unos segundos, dejando la copa en una pequeña mesita que tenía a su lado, luego que él cerrara la puerta tras de sí.

—Tengo algo que decirte —anunció Mateo.

La actriz enarcó una ceja, se cruzó de brazos y lo miró interesada. Si él disolvía el matrimonio, ya sabría quién era ella. ¡Que ni pensara que se iba a librar tan fácilmente de Rayén Neumann!

—Tengo el lugar preciso para nuestra boda —continuó, esperando ver alguna reacción positiva.

—¿Sí? ¿Seguro? Pensé que te habías olvidado… han pasado tres meses desde nuestro último intento —quería gritar de alegría, saltar en un pie o arrojar confeti, pero aparentó no darle importancia. Al final Mateo siempre respondía como ella deseaba.

—Tres meses y medio —corrigió—. Y no, no me he olvidado. Lo que sucede es que, durante este tiempo, he estado en contacto con algunos amigos esperando encontrar el sitio ideal, tal como tú lo quieres.

—¿Y? —preguntó con simulado poco interés, porque en donde fuera, le diría que sí. Además necesitaba alejarse pronto del chupatintas mal vestido ese, que no la dejaba en paz. Esperaba que Mateo hubiese encontrado un buen sitio en Siberia. ¡A ver si hasta allí llegaba ese descarado!

—En Hellington.

—¿En dónde? —realmente ese nombre no estaba en su cabeza. ¿Quedaría en América? Tal vez fuese un sitio exótico, el nombre era inglés, quizá el lugar se encontrara en Irlanda o Escocia… ¡Eso sería grandioso!

—Se trata de una hermosa isla.

—¿En Europa?

—No.

—Pero entonces, es… ¿paradisiaca? —preguntó ilusionada, imaginando palmeras, arena blanca, coronas y collares de flores.

—Eeeh… no tanto… —respondió Mateo rascándose la cabeza.

Capítulo 3

TORMENTA

—¡¿Y qué demonios es este lugar?! —gritó Rayén furiosa y empapada mientras el ferri se acercaba al aparcadero de Hellington.

—Es el camino a la isla... el sitio apartado en donde nos casaremos —respondió Mateo aparentando inocencia. Él sabía cómo era aquella isla que de idílico, no tenía nada, pero resultaba ideal si lo que buscaban era discreción.

Victoria llevaba puesto su paraguas y reía sin disimulo mirando el paisaje, mientras el agua caía sobre las cabezas de los pasajeros, ¿por qué su hijo habría elegido esa zona tan recóndita, allí donde terminaba el mapa?, pero era de ensueño ver a la famosa actriz —«la cazadora», como ella le decía—, mojada como nutria, con rostro de enajenada mental y enfurecida hasta la médula.

Los padres de la novia llegarían al otro día y Victoria pagaría por verle la cara a su consuegra, el lugar no era el más idóneo para celebrar una «boda de fantasía», como había dicho Rayén y la refinada Camila Ossandón se espantaría, tal vez armaría un escándalo y eso debía enmarcarse para la posteridad, aunque tampoco estaría mal reservar algo de memoria en su celular para grabar ese momento…

—*¡Ay, Dios! En esta vida hay cosas impagables*— pensó aspirando una gran bocanada de aire puro.

Vicente, de pie bajo el pequeño techo de la embarcación, miraba atento y algo emocionado la maravilla natural que a sus ojos deleitaban. Nunca había estado allí, aun así, era como si lo conociera, sabía que poseía grandes acantilados y un paisaje inolvidable; además recordaba la historia de un navegante inglés que después de haber encallado en los roqueríos, jamás se había querido ir. Era evidente que huellas de profesor de historia y geografía aún le quedaban.

—Amor, ¿por qué elegiste este sitio? Además, eso de que no hay conexión a Internet es broma, ¿no?— preguntó la futura señora Vicuña a su novio, al otro costado de la embarcación.

—No, Rayén, Hellington es tesoro de la humanidad… como prueba de que el chileno hace patria en donde nadie más lo haría —respondió Benjamín Salas en lugar de Mateo. Él era el padrino, el que a los anteriores intentos de matrimonio no había podido asistir porque se hallaba fuera del país, siendo reemplazado por un amigo de la novia, un colega con el que ella había compartido un par de roles protagónicos, quien al enterarse de que el casamiento se realizaría en el sur, se disculpó aludiendo cruce de fechas y compromisos anteriores.

Cuando Mateo contactó a Benjamín para que lo ayudara a encontrar un sitio especialmente apartado para llevar a cabo un nuevo conato matrimonial, lo primero que le sacó a relucir fue que él debía ser el padrino, de lo contrario, que se olvidara definitivamente de su amistad. Mateo sabía que se lo decía en broma, pero entendiendo que Benjamín se lo merecía y que se lo debía, aceptó de inmediato. Total, él había hecho los contactos para llegar a ese lugar que, según decían, era una especie de santuario de la naturaleza.

—Así que se pretende interferir lo menos posible en el paisaje. Este sitio realmente es mágico, no necesitarás Internet, ni *WhatsApp*, ni *Facebook*, estimada amiga —continuó hablando Benjamín—. Pero de todas formas, no gastes batería en vano —refirió el muchacho recordando a su amiga lo apartados que estaban del mundo. Rayén le regaló una mirada de desagrado mientras quitaba un poco de agua de su rostro que le había saltado desde el mar—. Para tu tranquilidad, debo decirte que hay una hora de Internet de nueve a diez de la noche.

—¡Ah! Por lo menos…

—Y apenas lleguemos al hotel, debes darte una buena ducha porque lo que te cayó en la cara no era agua, era caca de gaviota.

—¿Qué? —Rayén sintió que el estómago se le revolvía y nuevamente deslizó una mano por su rostro, intentando limpiarse.

—¡Ja, ja, ja! ¡Es broma, amiga! Es solo agua y la más limpia de Chile.

—¡*Hueón*![6]

Victoria, aprovechando la conversación que Rayén sostenía con Benjamín, se acercó a Mateo que miraba el enérgico oleaje que golpeaba el ferri, momento en que la llovizna se había transformado en tormenta con viento algo más fuerte.

—Hijo, este lugar es precioso y el indicado —opinó satisfecha.

—¿Sí? ¿Segura? —preguntó no muy convencido del todo.

—Claro, el indicado si te quieres vengar de alguien —Mateo la miró serio.

Paula dio el último retoque a su peinado, mientras miraba el teléfono en donde tenía un mensaje sin leer. Apenas tuviera tiempo lo abriría, de seguro se trataba de otra solicitud de esa agrupación social que le pedía que

---

[6] ***Hueón****: (o huevón) es un término empleado comúnmente en Chile para designar a cualquier individuo. Inicialmente se refería a las personas tontas o torpes, pero su significado se fue ampliando con el pasar de los años.*

fuera a dar una charla sobre maltrato laboral. Estaba claro que más de alguna persona había leído el pequeño reportaje del diario local que hablaba de su renuncia como Coordinadora Técnica en aquel servicio público. En tal publicación se indicaba el acoso como posible causa de dimisión, aun así, no estaba dispuesta a remover recientes heridas... tal vez la aceptaría más adelante, cuando sintiera que su vida marchaba por donde ella quería, pero cuando lo hiciera, hablaría de frente, no se mediría en señalar culpables ni en dar detalles, tampoco se guardaría nada para que futuras maltratadoras pensaran bien sus actos antes de dedicarse a pisotear al resto.

Pero no se quejaba, tenía el hotel y esa aventura apenas comenzaba. Entendía que no se trataba de la «octava maravilla del mundo», aunque jamás imaginó en el deplorable estado en que se encontraba. Sin embargo, con el apoyo de algunos lugareños había logrado dejarlo más o menos presentable y eso lo agradecía de verdad.

En los últimos tres meses se había dedicado a restaurar el hotel, a forjar contactos con agencias de viajes, con empresas dueñas de los transbordadores (llamados ferris) para que incluyeran a Los Vientos en sus rutas habituales. Todo con tal de captar turistas y huéspedes para su hotel.

Ella se quedaba en el hotel junto a Berta, una mujer mayor, que se desplazaba apoyada en un bastón o cuando la dolencia de su cadera (producto de un infortunado accidente casero) era muy fuerte, lo hacía en silla de ruedas. Era una gran compañía y la ayudaba con los pocos quehaceres. Y sí, «pocos», porque desde hacía varias semanas que no registraban ni siquiera un alojamiento.

Muchos decían que no llegaría ningún turista, aun así Paula no perdía la esperanza, pese a que ya era mes de febrero, supuestamente la mejor fecha para vacacionar y dar espacio al deporte aventura, pero todavía era nula la presencia de visitantes. Ahora, si lo pensaba bien, ¿quién iría a ese remoto lugar, en donde el frío reinaba casi todo el año y las lluvias estaban a la orden del día? Además podría asegurar que tampoco salía en el mapa…

—Te ves bien, muchacha —opinó la mujer dejando unas revistas sobre el mostrador de la recepción y haciendo sonar la campanilla plateada que se hallaba encima de éste.

Paula dio un pequeño respingo trayéndola de regreso a la Tierra.

—Gracias, Ña Berta —agregó con cariño—. Solo quiero asegurarme de que el peinado no se desarme —habló mirándose nuevamente al espejo colgado en una de las paredes.

—¿Cómo no iba quedar bien? Si gastaste como diez litros de queratina en él… ¡La cuota del año de la tienda de la Maruja!

—¡Ja, ja, ja! Pues entonces ojalá que me alcance para mantenerlo en su sitio por al menos un mes.

—Por una hora querrás decir.

—¡No sea *fome*[7]!

—La *fome* eres tú, ¿cómo se te ocurre presentarte en el casorio *del* Juan?

—¿Cómo se le ocurre a él venirse a casar aquí mismo? ¡No tenía derecho!

—Sus padres viven aquí, no lo olvides. Además ya se casó en Punta Arenas, solo viene a hacer la ceremonia religiosa.

—A él nunca le ha gustado esta isla. Sus padres podrían haber viajado, ¿no? Yo sé que esto no es casual. Juan lo hace por *hueviarme*[8], para reírse de mí porque regresé y para restregarme en la cara que él sí se casa…

—Tú no te has casado simplemente porque no has querido. Estoy segura que has tenido a más de un pretendiente… descartando por supuesto, al pelotón músculos ese que se fue de Chile.

—No me nombre ese *hueón*, Ña Bertita, era un caliente de mierda no más.

—¡Ay, Paula! Un hombre tantea por «esos lados» y si a él le gustaron tus pechugas[9]…

—Yo no estoy hablando de eso —pero era mejor no seguir con el tema, porque sabía que con Berta podría

---

[7] **Fome**: *en Chile se utiliza para referirse a todo lo que resulte aburrido o sin gracia, desteñido o deslucido.*

[8] **Hueviarme** *(forma verbal de hueviar): significa algunas veces molestar por eso su etimología deriva del huevo o testículo. Por ejemplo: «este weón (hueón) está puro hueviando». También se utiliza para irse de fiesta o perder el tiempo.*

[9] **Pechuga (pl. pechugas)**: *en Chile se utiliza en el lenguaje coloquial para referirse a los senos de una mujer.*

estar discutiendo tardes enteras y siempre perdería—. Y mejor será que me vaya, se hace tarde.

Tomó la cartera y en ese preciso instante reparó en la portada de la revista que Berta había dejado sobre el mueble, en donde se veía a la actriz Rayén Neumann con cara de enojo. A su lado aparecía Mateo Vicuña junto a sus padres. Llamaba la atención el rostro de la madre de él porque se veía radiante: «La boda del año cancelada nuevamente», decía el titular.

—Pensé que «Saco de Plomo Vicuña»[10], ya estaría casado.

—Todavía no lo «cazan», querrás decir —agregó la mujer sabiendo a quién Paula se refería—. Esa revista tiene un par de meses… ya deben estar casados esos dos.

Paula estaba apurada, pero no pensaba perderse esa noticia farandulera, aunque estuviera algo añeja. Abrió la revista y leyó. Al cabo de un par de minutos miró a Berta no muy convencida de lo que se había enterado.

—Así que fue la novia quien no quiso casarse… la refinada, regia, estupenda…

—Y puta de Rayén Neumann… Ya sé, no me digas, niña. Esa cabrita[11] no me da confianza.

---

[10] ***Saco de Plomo****: se hace alusión a un personaje de la historieta creada por Pepo, «Condorito», llamado Pepe Cortisona, quien es musculoso, buen mozo, pero por sobre todo, insoportable y engreído, difícil de llevar. Es decir, es tan pesado como cargar un saco (costal) lleno de plomo.*

[11] ***Cabrita (o)****: en Chile se utiliza mucho para referirse a una muchacha (cabra/cabro) o muchachita (o) (cabrita/cabrito).*

—Ciertamente no es a nosotros a quien debe dar confianza. ¿Te conté en alguna oportunidad que yo estudié con este tipo? —preguntó tocando con su dedo índice la foto en donde aparecía el novio.

—Sí, me lo dijiste. También me contaste que una vez te habías ido de carrete[12] con él.

—No fue tan así, pero de eso han pasado tantos años —se encogió de hombros y siguió leyendo. No era momento para volver a tocar ese temita pendiente de su vida—. Así que buscarán un lugar apartado del mundo para casarse… ¡lo que es tener plata! —finalizó dejando a un lado la revista.

—Plata y tiempo, cosas que tú no tienes, así que vuela al pueblo.

—Necesito un vehículo —agregó sonriendo—… por ahora no me queda otra opción que ir en mi fiel «bici», lo haré despacio para no estropearme el peinado.

—Te esperaré con la cena lista. No creo que comas mucho… los jóvenes de ahora creen que en la fiesta de matrimonio se debe comer poco para ser sofisticados, finos y de alcurnia… ¡Puras *hueás*[13]! En mis tiempos, nuestros padres mataban una vaca, un chancho, dos ovejas y un par de cabras, sin contar los patos y las gallinas… La idea era no mostrar pobreza… comer, de eso se trataba, para que el matrimonio fuera fructífero.

---

[12] ***Carrete:*** *se usa para referirse a diversos eventos, quedarse hasta altas horas de la noche conversando y pasándola bien.*

[13] ***Hueás*** *(weás): de hueas / weas (huevo/testículo). Sinónimo: tonterías.*

—Estoy segura que a Miriam no se le escapó ningún detalle —aseveró recordando que la madre de Juan era muy preocupada en esos menesteres—. Ahora sí, me voy. Nos vemos en la noche —acomodó el bolso de mano bajo el brazo y salió en busca de su «pilla la rueda» setentera, una bicicleta algo maltrecha que encontró en el desván del hotel, de ruedas grandes y engranajes un poco oxidados, pero que todavía servía. Sabía que debía utilizarla con cuidado e ir lento a pesar de que amaba descender la colina a toda velocidad, porque lo primordial era cuidar su peinado y el elegante traje de dos piezas en color amarillo pálido que llevaba puesto para la ocasión.

Cuando al fin llegó al pueblo, que no era más que una larga calle con casas bajas, un fuerte estruendo la sorprendió: había comenzado una tormenta que parecía diluvio.

¡Adiós, traje!

¡Adiós a su adorado peinado!

Acomodó la cartera sobre la cabeza y se encaminó hacia la pequeña capilla que estaba al costado izquierdo, arrastrando la bicicleta con la mano libre, para luego apoyarla contra una pared, momento en que alguien le abrió la puerta y ella ingresó rápidamente. En el zaguán logró escurrirse un poco el agua de la ropa, pero ya estaba empapada.

—Al fin llegaste, pensé que no vendrías —era su madre quien la había recibido—. Estás hecha un desastre. Ve al baño y sécate un poco.

—No me molesta, además la ceremonia ya empezó —se encogió de hombros y cruzó en puntitas de pie el biombo que la separaba del salón principal.

Ahí estaban los novios de espalda, quienes al advertir que muchos murmuraban, se voltearon y la mirada de Juan se cruzó de inmediato con la de Paula. Ella le sonrió, pero no recibió una respuesta positiva. Más bien, de nadie... casi todos la observaban con el ceño fruncido, unos negaban con la cabeza y otros tantos, cuchicheaban. Excepto Toto Quevedo que la saludó realizando un leve movimiento de cabeza. Él se hallaba al lado de los novios, de seguro era el padrino. Ese muchacho siempre le había caído bien. Estaba convencida que emigraría, pero no, ahí estaba, fiel a las tradiciones familiares.

No supo de qué color se había tornado su cara, pero debía ser de un rojo casi fucsia o sangre, porque le ardía. Juan la miraba enfadado, realizando un evidente gesto de disgusto.

—No debiste haber venido —observó Ximena, quien se había parado de su asiento para acercarse, tomándola suavemente del brazo. Ella era prima de Juan y hermana de Toto, una mujer de complexión pequeña y con el rostro invadido de pecas que la hacían ver como una adolescente.

—Miriam me invitó —respondió en un susurro y algo molesta, refiriéndose a la madre de Juan. Si llegó a sentir que Ximena había sido algo dura con sus palabras, mejor ni pensar en lo que le habría dicho otra persona, pero no podía pararse frente a todos y decir que el estar allí no obedecía a un deseo antojadizo, ¡la habían invitado!

—¡Debiste haberlo pensado antes! Se casa Juan, tu ex…

—¡Él nunca ha sido mi «ex»! Jamás he tenido algo con él, ¿de dónde sacaste eso?

—Juan siempre ha dicho que entre ustedes…

—¿Qué? Pe…

—*Y los declaro marido y mujer* —se escuchó la voz del sacerdote y vio cómo Juan besaba a Lila, poniendo una mano justo en el trasero de la muchacha. Algunas personas miraron desconcertadas y algo escandalizadas, sin convencerse de la audacia por realizar aquel acto en un lugar religioso, mientras que unas viejecitas reían por lo bajo. Paula las reconoció, eran las mismas que llegaron con ella en la barcaza.

Luego la pareja se separó y vio divertida que Lila tenía el lápiz labial corrido hasta la barbilla. Quiso reír, pero un codazo de Ximena lo impidió.

—¡Auch!

—No hagas nada —le advirtió.

—No pensaba hacer nada —masculló viendo cómo la pareja ya caminaba para salir de la iglesia, en tanto sintió otro codazo en la costilla, pero lejos de surtir el efecto que Ximena deseaba, es decir, que su amiga mirara hacia otro lado, esta se quejó porque le dolió.

—¡Ya, basta! —exclamó fuerte y Juan creyó que le decía a él. Se detuvo frente a ella y la miró con desdeño.

—Te guste o no, ya me casé. Y seré feliz —afirmó.

—Que lo seas —respondió sincera.

—Y espero que disfrutes ser la eterna solterona —Paula lo miró sin entender, ¿estaría bromeando? ¿De dónde sacaba esa capacidad de decir tantas tonterías juntas? ¡Con razón que nunca le gustó ese hombre! Era impertinente, hablaba sin pensar, impulsivo ante todo. Es decir, un *hueón* en el sentido amplio de la palabra…

—No le hagas caso —la tranquilizó Ximena, mientras la tomaba del brazo.

—Espera, Xi —dijo soltándose del agarre de su amiga. No pensaba quedarse callada ante el atrevimiento de él—. ¿Solterona, dices? ¡Oh, Juan, estamos en el siglo veintiuno, piensa un poco antes de hablar! ¡Yo… yo estoy feliz de que te hayas casado!

—No te creo —manifestó él con rabia.

—Vamos, amor. No vale la pena —interrumpió Lila, mirando con antipatía a Paula. Juan tomó del brazo a su esposa y se encaminó hacia la salida.

Paula suspiró cabizbaja. ¡Jamás pensó que él se hubiese tejido una historia de amor inexistente entre ambos! Y lo peor, la había contado a medio mundo, dejándola a ella como la mala de la historia. La tormenta que había estropeado su peinado y ropa, era nada comparada con la rabia que sentía por la bocota embustera de él, pero eso no se quedaría así. En algún momento lo enfrentaría, no se saldría con la suya, pero por ahora el problema que tenía ante ella era más importante que volver a verle la cara de idiota al estúpido de Juan: debía regresar con la bicicleta a rastras… eso era lo que odiaba de la colina que estaba cercana al hotel: el tener que subirla… Además allí no había taxis, tal vez debería comprarse una moto.

—¿En qué piensas? —le preguntó Ximena, creyendo que su amiga estaba triste por la boda de Juan.

—En una moto.

—¿En qué?

—En nada, Xi. Iré a casa —respondió Paula sonriente. Realmente ese episodio, lejos de alterarla, le daba risa.

—Vayamos a la recepción, hay muchos invitados. Juan no se dará cuenta que estarás allí.

—Me encantaría, pero ya veo que él no me quiere cerca, así que regresaré al hotel. Y, realmente, también para mí es sano estar lejitos de ese par.

—Te acompañaría, pero…

—No te preocupes, yo entiendo.

Paula dio una sonrisa a Ximena, acomodó nuevamente la cartera bajo el brazo para luego levantar su nariz al cielo y salir dignamente a la calle. Vio cómo invitados y novios marchaban por un lado del camino en donde, a tan solo unos metros, se hallaba la casa de los Palacios. Sus padres le hicieron un saludo con la mano pues advirtieron que ella no los seguiría. Se encogió de hombros, miró las nubes y notó que la tormenta había amainado, así que decidió dar la vuelta y tomar el sendero que la llevaría hasta el hotel. Como todo estaba mojado, de seguro tendría que saltar más de algún charco. Además ir cuesta arriba en bicicleta era complicado, así que se armaría de valor, pues tendría bastante qué caminar. Error había sido ir a ese matrimonio, pero debía asumirlo.

Caminó por unos diez minutos, cuando el ruido del motor de un vehículo la hizo saltar al costado del camino. En efecto, una camioneta la sobrepasó, salpicándole un poco de lodo.

—¡*Conchetumare*[14]! —no alcanzó a terminar la sarta de improperios que tenía en mente, cuando un segundo vehículo que venía un poco más atrás le lanzó una baldada de barro—. ¡*Aweonao*[15]! ¿No te han enseñado manejo defensivo? ¡Imbécil!

El jeep de color negro y de llantas altas se detuvo unos metros más adelante, momento que ella aprovechó para acercarse y encarar al conductor, pero una persona, ocupante de uno de asientos traseros, había bajado el vidrio de la ventanilla.

—¡Tengan más cuidado…! —si pensaban que ella se iba a cohibir al verles la cara, estaban muy equivocados, les diría unas cuantas verdades, pero—… ¿Mateo Vicuña? —preguntó confundida, ¿estaría soñando? ¿Qué hacía él ahí?

—¡Paula Díaz! ¡Qué gusto verte! —respondió él con una amplia sonrisa, mientras su ondulado cabello

---

[14] **Conchetumare**: *en Chile es la forma abreviada de decir «concha de tu madre» (haciendo alusión a los orígenes biológicos del ser humano, es decir, nuestra forma de nacer) y es ocupada para ofender a una persona. También puede ser utilizado cuando una situación es muy complicada o cuando algo no sale bien. Otro significado es golpear a alguien. Por ejemplo: Este tipo es un «concha de su madre» / El auto era más caro que la «concha de su madre». / (Una persona quebró algo) Te van a sacar la «conchetumare»…*

[15] **Aweonao**: *una forma grosera de decir que la persona es tonta, o «hueona».*

algo crecido, se movía al compás de la suave brisa marina.

Victoria Matte se asomó sonriente por la espalda de su hijo, instante en que un rayo de sol iluminó a Los Vientos.

¡Qué día más extraño era ese! Había llovido en forma intensa, pero ahora parecía que llegaba la primavera…

Capítulo 4

BRISA MARINA

Paula quedó absolutamente perpleja ya que frente a ella estaba nada más y nada menos que Mateo Vicuña, ¿había sido premonitorio, entonces, el haber estado hablando de él con Ña Berta? Tal vez... pues a la última persona que pensaría encontrar en Los Vientos sería a él, de quien guardaba un vago recuerdo de lo vivido la noche de licenciatura de cuarto medio. En realidad, menos que vago, las copas de esa velada sí que le habían pasado la cuenta. Quizá esta sería la ocasión propicia para hablar de ese asunto irresuelto, pero no era algo que le robara el sueño. Además suponía que no venía solo, que por ahí debía estar el resto de la familia, incluyendo a su esposa.

¡Y mejor se ponía atenta a lo que iba a decir o, de lo contrario, quedaría en evidencia de que su mente había viajado unos cuántos años en el pasado!

—Paula —repitió Mateo también algo sorprendido. Si bien Benjamín le había dicho que posiblemente en aquel sitio hubiese gente conocida por él, jamás imaginó que se tratara de su antigua compañera de curso. ¿Qué hacía en ese lugar? En más de alguna ocasión se acordó de ella y supuso que estaría ocupando un alto cargo en una empresa privada, pero nunca supo realmente qué había sido de Paula. Tal vez fuese una especie de alcaldesa o dirigente social, pues con lo que él recordaba, podría ser exitosa en cualquier parte, era una muchacha muy talentosa—. Digo, buenas tardes, Paula.

—Mateo Vicuña, ¿qué haces aquí? —no pudo contenerse, debía preguntar. Era demasiado sorprendente ver al conocido empresario en aquel lugar olvidado del planeta.

—Busco… —intentó responder, pero Victoria se adelantó.

—Buscamos un hotel, linda —informó la mujer con una sonrisa afable pasando por sobre su hijo para acercarse a la ventanilla del vehículo.

—¿Un hotel? —preguntó Paula intrigada, el único por ahí cerca era el de ella, a pesar de que en el pueblo había una pequeña posada, pero si la hubiesen querido, no andarían en ese lugar preguntando por un hotel. Tal vez eran turistas solo por el día y querían visitar algunos sitios de interés… o definitivamente buscaban hospedaje, en ese caso, buen lío se le venía encima, de seguro se decepcionarían, porque su hotel era demasiado humilde para las pretensiones de esa gente tan refinada. Ella no contaba con las comodidades a las que de seguro estaban acostumbrados—. Este… sí, está por este camino —continuó, señalando con su mano la única vía y era la que ellos estaban siguiendo—, como a un kilómetro hay una bifurcación, deben tomar el sendero que sube a la colina.

—Oh, bien. Entonces, andando —respondió Mateo intentando alzar el vidrio de la ventanilla.

Era de esperar que su excompañero no agradeciera. Al fin de cuentas, le daba lo mismo.

En ese preciso instante, la camioneta que estaba delante puso reversa y se acercó unos metros. Rayén Neumann, sin saludar a Paula, se asomó por la portezuela.

—¿Qué está pasando? ¿Por qué nos detenemos? ¿Estamos perdidos, acaso?

Mateo, al percatarse de que su novia estaba preocupada, se bajó del vehículo, esquivó el charco de lodo para no ensuciarse y fue a hablar con ella.

Paula no escuchó lo que decían, además no le interesaba. Al cabo de unos segundos, Rayén se metió nuevamente en la camioneta y esta echó a correr. Mateo hizo una señal de despedida y prosiguió camino, pero otra vez el chofer le había arrojado un chorro de barro.

—¡*Hueón* de mierda! ¡De seguro eres amigo de Juan!

Paula iba soltar un par de insultos más, cuando recordó que tenía un correo sin leer en su celular, tal vez eso tuviera relación con la visita de Vicuña y compañía. Se apresuró a buscarlo, mientras se hacía a un lado del camino. Abrió el mensaje e inmediatamente lo leyó:

Estimada señorita Díaz:

Junto con saludarla cordialmente quien suscribe se dirige a usted a fin de realizar reserva para siete personas en vuestro prestigioso y grandioso hotel ubicado en la hermosa isla de Hellington, llamada de Los Vientos...

—¿Grandioso y prestigioso? ¡Ja! Se nota que no han venido nunca.

...ubicada al sur de Puerto Chacabuco, en donde pretendemos realizar la boda del señor Mateo Vicuña Matte y su prometida, la señorita Rayén Neumann Ossandón.

—¡Ah, el parcito aún no se casa!

Cabe indicar que busqué su página web, pero al parecer, aún no ha sido creada, por eso me tomé el atrevimiento de enviar esta solicitud directamente a su correo personal el que obtuve a través de la oficina de SERNATUR[16].

—Ah, sí, debo preguntar a Toto a ver cómo le ha ido con eso... —se dijo recordando cierta conversación pendiente que tenía con su amigo.

Sin perjuicio de lo anterior, debo indicar que la reserva

---

[16] **SERNATUR**: *Es el Servicio Nacional de Turismo.*

señalada es solo preliminar, pues posiblemente necesitaremos ocupar una mayor cantidad de habitaciones para hospedar al resto de los invitados a la boda…

—Sí, claro —agregó con una mueca. Ya se imaginaba trabajando como sirvienta y mucama de los Vicuña… Pero continuó leyendo, a ver qué otra sorpresa le deparaba el inesperado correo electrónico.

Dado lo anterior y para asegurar mencionadas reservas, al momento de presentarnos en vuestro hotel, le realizaré la correspondiente transferencia por la suma de…

—¡Cinco millones de pesos! Cálmate Paula…

Luego finiquitaré con usted el resto de los pormenores.
Sin más que agregar y agradeciendo vuestra disposición, se despide cordialmente,

Benjamín Salas Aracena

Sintió que el corazón le daba un brinco de la emoción, si lograba encantar a los Vicuña con su hotel podría tener dinero suficiente para terminar con las reparaciones y realizar la guía de viaje que tanto añoraba.

Miró al cielo, dio un gran respiro y decidió ponerse en marcha: otra vez se colocó la cartera debajo del brazo, levantó la bicicleta que estaba metida en un charco y dirigió rumbo hacia el hotel.

Tal vez el rayo de sol significara algo después de todo...

Rayén se había bajado de la camioneta, la que compartía con Vicente y Benjamín; en el jeep, lo hacía Mateo y su madre, ambos vehículos rentados fueron enviados el día anterior a la isla y los conductores eran lugareños contactados en ese momento. Ella miraba con desconfianza, pero el aroma a aire puro, la suave brisa marina que hacía volar su cabellera y el magnífico paisaje de la bahía, le provocaban olvidar que se encontraba en un punto sin determinar del mar más austral del mundo.

Pero era Mateo el que tenía la nariz arrugada, mirando la placa de madera con letras de metal oxidado que estaba colgada a un costado de la entrada principal de la construcción y que decía:

Victoria también se deleitaba observando desde la altura hacia la bahía, unos cuantos metros alejada de Rayén. Era un lugar hermoso, algo agreste, pero imposible de no admirar. Se notaba que la modernidad no había llegado a esos lares, mas así al natural, era perfecto. El hotel, a los pies de un bosque no muy tupido era novedoso, se trataba de una edificación de tres pisos grises con grandes ventanales y cortinas dispares en colores chillones. Tal vez por dentro la imagen fuese algo mejor.

Vicente seguía al interior de la camioneta, esperando un milagro o alguien que dijera que detrás de esa vieja construcción, se hallaba un gran Hyatt o un hermoso Radisson...

En ese momento Paula llegó por la colina, algo cansada y agitada, dejó la bicicleta apoyada a una reja de madera, deslizó torpemente las manos por su traje, intentando arreglar algún pliegue no deseado, aunque sabía que estaba hecho un desastre, pero tal como decía Ña Berta, «antes muerta que sencilla», se irguió y caminó con paso firme hacia los forasteros. De seguro su ayudante no los había escuchado y por eso aún estaban afuera, pero era mejor no pensar más y trabajar:

—Lo siento, no pude llegar antes —se disculpó mirando a Victoria y luego a Mateo que se acercó a ella.

—Hola, muchacha. Yo te conozco, ¿no? Es decir, te acabo de ver en el camino, pero... —agregó Victoria.

—Señora Vicuña, estudié con su hijo en el Liceo Católico, allá en Copiapó.

Vicente, al verla llegar, bajó del vehículo y se acercó a ella, mirándola curioso.

—Señor Vicuña, ¿cómo ha estado? ¿Cómo van las exportaciones? —saludó, a lo que Vicente respondió con una sonrisa.

Paula recordaba que en una oportunidad, ella y sus amigos hicieron una marcha pacífica en contra de los exportadores de uva porque utilizaban demasiada agua del Río Copiapó lo que provocaría, a la larga, el secado de la afluente. En aquella oportunidad su foto salió en los medios de comunicación escrita de la región, tal vez por eso la miraba en forma extraña. Aunque por los años transcurridos, era imposible que el hombre se acordara de ella... o quizá esa mirada descortés se debiera a la decepción de ver el hotel que los esperaba. Sí, eso era lo más probable...

—Todo bien, jovencita, pero no andamos de negocios —respondió saludándola con un fuerte apretón de manos.

—Al final, todo es negocio —fue Benjamín Salas quien habló, el que en ese momento salía de unos matorrales subiéndose el cierre del pantalón...

Rayén sintió repugnancia y le dio la espalda, Mateo rodó los ojos de solo ver la poca asertiva acción de su amigo, aunque ya lo conocía, pero pensaba que con los años, cosas así las había dejado de lado. Luego giró para ver la reacción de Paula, pues Benjamín se acercaba a ella. Él sonrió y, como lo más natural del mundo, estiró su mano para saludar a la administradora del hotel, pero ella lo miró con aversión y retrocedió unos pasos. No dejaría que la tocara.

—Buenas tardes, señorita Paula, mi nombre es Benjamín Salas, soy quien hizo los contactos para venir aquí —se presentó el padrino, pero al notar que la dueña del hotel no iba a responder su saludo, asintió sin vergüenza, porque a decir verdad, la comprendía. Lo mejor era hacer que como que nada hubiese ocurrido y actuar con naturalidad, que para eso era experto. Metió su mano en el bolsillo, haciendo uso de su mirada más afable—. Imagino que leyó el *mail* que le envié, ¿no? —preguntó luego de una pausa.

—Sí, este… lo siento, hace solo unos minutos lo leí, pero no se preocupe, hay habitaciones disponibles en mi hotel.

—¿Tu hotel? —indagó Mateo interesado.

—Sí, es una herencia. Soy la administradora y también la gerente, recónoma, encargada de mantención, secretaria… en fin…

—¿Y se llama «Hotel Estrellas»? —preguntó Mateo.

—¿«Estrellas»? No, ¡ah, ya sé! —Paula se acercó al letrero y vio el espacio que había entre la palabra «Hotel» y «Estrellas»; miró el suelo como buscando algo y, en medio del pasto seco, se hallaba un cero de metal. También cerca se encontraba un clavo oxidado, con una piedra del lugar puso el clavo en la puerta fijando el cero en medio. El letrero ahora decía:

—¿Cero estrellas? ¡Eso no es posible! —observó Mateo entre sorprendido y divertido.

—Al parecer, sí. En realidad en este espacio —indicó el lugar del cero—, hasta hace un mes había un «uno», es decir: «Hotel una Estrella», pero la Junta de Hoteles nos la quitó porque no teníamos calefacción central —confesó Paula.

Mateo no sabía si reír, enojarse o ponerse a llorar, ¿cómo era posible que su amigo lo hubiese llevado a ese lugar? Aunque si lo pensaba bien, ver nuevamente a Paula y disfrutar con la cara de espanto de su padre y la de Rayén, no tenía precio.

—«Cero estrellas» —repitió Victoria mirando con burla a Vicente que se había cubierto el rostro con ambas manos.

—Así es. Administro un hotel cero estrellas —declaró Paula orgullosa.

—¡¿Cero estrellas?! ¡¿Qué tiene un hotel de ese tipo?! —inquirió Vicente casi encolerizado.

—¿Qué tiene? Pues, lo justo —respondió Paula serena, tal vez si se decepcionaban, se fueran. Al final de cuentas, era solo dinero y aguantar a un montón de ricachones no iba con ella—. Hay muy pocas comodidades. Deberían verlo por dentro, no está tan mal como por fuera.

—¡Es perfecto! —exclamó Rayén acercándose a Paula y mirándola emocionada.

—¿Qué? —preguntó Victoria sin comprender. ¡Eso no podía ser cierto!

—Sí, es justo lo que necesitamos porque aquí nadie nos molestará. Dime… Paula, ¿no? —la anfitriona asintió—. Este lugar es fascinante. Te felicito.

—¿Sí? —Paula la miró sin convencerse, pero también le seguiría el juego. Total pagarían bien—. Gracias. Realmente es muy discreto. Nadie los encontrará aquí.

—Supongo no tiene un gran salón, ¿o sí? ¿Existirá algún lugar en donde podamos llevar a cabo la boda? Y, si no está en condiciones, no importa, podemos solventar los arreglos —agregó Rayén.

—Sí, hay una casona... tipo colonial, cerca de aquí.

—¿Con quién tendríamos que hablar para que nos la arriende? —preguntó Benjamín, también interesado.

—Está dentro de los terrenos de mis abuelos así que, técnicamente, también me pertenece —agregó Paula.

—Arriéndamela —pidió la futura señora Vicuña tomándose del brazo de Mateo.

—¿A... arrendar? —un sonido de caja registradora se escuchó en la cabeza de Paula y unos signos de «$» se dibujaron en sus ojos...

—¡Pues claro!

—Si vamos a hacer negocios aquí afuera, por favor tráiganme un sillón —sugirió Vicente, a lo que Benjamín quiso responder que él pagaba todo, que no eran los Vicuña, pero para evitarse problemas, guardó silencio.

—Sí, señorita Díaz, es mejor que entremos —agregó Benjamín entre dientes.

—Pasen, por favor. Deben registrarse.

—Antes hablaré con los choferes, para que bajen al pueblo en los vehículos. Si los necesitamos luego, les avisaré —agregó Vicente regresando donde los jóvenes para dar nuevas instrucciones.

Victoria, que no estaba muy contenta porque imaginaba que la reacción de Rayén sería otra, fue la última en ingresar, dándose cuenta que la brisa marina de la tarde se había transformado en un viento frío, casi invernal.

Capítulo 5

DESPEJADO CON NUBES AISLADAS

Paula dio un suspiro de satisfacción mientras repasaba una vez más la cartola del banco con el saldo de su cuenta. Con eso tendría suficiente para arreglar la calefacción del hotel y contratar una mucama. El resto de los quehaceres los tenía medianamente cubiertos puesto que Miriam se había compadecido de ella, ya que cuando la encontró en el almacén del pueblo le contó que tenía a cinco huéspedes en el hotel y que pronto la cifra se elevaría, la mujer de inmediato se comprometió a ayudarla en la cocina y con el aseo. A pesar de que justo ese día se había celebrado la boda de Juan, en la noche ahí estaba avanzando en los almuerzos del día siguiente y dejando todo listo para el desayuno.

Mientras echaba otra mirada al documento, adjuntándolo al cheque que Benjamín le había dado por el arriendo de la casona abandonada, el que iría a depositar temprano al banco del pueblo, escuchó un crujir de maderas en el segundo piso y luego un golpe.

—Parece que la parejita está adelantando «trabajo»… —era Berta que llegaba en su silla de ruedas a la recepción cargando en el regazo unas sábanas planchadas. Paula intentó oír de nuevo los ruidos, pero habían cesado, se encogió de hombros y miró a su compañera:

—No creo que estén en «eso»… —respondió Paula, no muy convencida.

Berta meneó la cabeza, mientras acomodaba las sábanas en una caja que estaba a la orilla del mesón.

—¡Ja! Sí, claro… En fin, yo dejaré estas cosas en la bodega y luego iré a dormir, me debo levantar temprano.

—Yo haré lo mismo. Mañana arribarán los padres de la novia, así que prepararé una suite más. Lo bueno es que lo harán durante la tarde, así que tendré tiempo para ordenar la habitación.

—No te gastes en eso, yo lo haré y no me mires con esa cara, que con esta silla puedo subir hasta los pisos de arriba, por lo menos el montacargas funciona bien —articuló la mujer, lo cual Paula agradeció de verdad, así podría reservar tiempo para ir al pueblo por las provisiones necesarias.

—Gracias, Ña Bertita.

—No me agradan esos ricachones porque de seguro terminarán hablando mal de nuestro hotel por más que nos esforcemos, pero les demostraremos que, por muy humilde que sea, es lo mejor que hay en kilómetros.

—Es que es el único… ¡Ja, ja, ja! Pero no nos adelantemos, por lo que he visto a los novios les ha parecido excelente.

—Y porque no hay más, como tú bien dices —agregó la mujer dirigiéndose a la salida—. ¡Ah! Y, por favor, mantén esta puerta cerrada. No ha parado de llover… no debemos enfriar el ambiente —agregó recordando el arduo trabajo que tuvieron tratando de hacer que funcionara la salamandra para abrigar la planta superior y la administración.

—Sí, ahora en la tarde ha llovido muy fuerte. No es normal en este tiempo —observó Paula acercándose a Berta con un paraguas que tomó del perchero—. Tenga, no se vaya a mojar —prosiguió, entregándoselo a la mujer.

—Gracias. Este clima siempre nos sorprende. Ojalá mañana amanezca mejor. Duérmete temprano, ¿sí?

Berta se marchó y Paula regresó al mostrador de donde tomó una vez más el cheque y lo metió en su billetera, después guardó en un archivador el documento que le enviaron desde el banco. Luego de meterlo al cajón del mueble, sintió otro ruido en el segundo piso. Tal vez los huéspedes necesitaran algo, así que iría a ver. Al girar se encontró con que Victoria bajaba la escalera, mirándola sonriente.

En ese instante la lluvia cesó y Paula se sorprendió, porque había sido muy coincidente…

—Buenas noches, señora Vicuña, ¿se le ofrece algo? —preguntó acercándose a ella.

—Rayén y Mateo están haciendo mucho ruido moviendo las cosas —respondió Victoria, sin considerar la pregunta de Paula.

—¿Los muebles? —Victoria asintió—. Sí, los he escuchado, ¿sucede algo malo?

—Dicen que el ventanal es muy grande y que desde afuera los pueden ver... —respondió con un gesto de hastío y moviendo una mano al aire, como si ello realmente le disgustara.

—¿Desde afuera? —preguntó Paula pensando en que la pareja tenía su habitación en el segundo piso.

—Sí, con drones... Los periodistas de hoy utilizan todo tipo de artefactos para lograr sus objetivos.

—Tal vez debí haberles ofrecido otro cuarto —pronunció algo reflexiva.

—No te molestes, linda. Déjalos que se entretengan, ¿tienes algo de beber? —Paula frunció el ceño al escucharla.

No era primera vez que había percibido a Victoria molesta con lo del matrimonio. Con una suegra así, mejor habría que pensarlo unas cuantas veces antes de aceptar casarse. Y ahora que lo pensaba, ¿por qué Mateo lo hacía? Con los años la gente solía cambiar, aunque, desde su perspectiva, Mateo Vicuña no estaba hecho para el matrimonio, menos con Rayén Neumann... posiblemente entre frívolos se comprendieran... Pestañeó un par de veces y agitó la cabeza como para alejar esos pensamientos. No supo cuántos segundos estuvo especulando porque cuando posó nuevamente su mirada en el rostro de Victoria, esta se hallaba sonriente y con una extraña chispa de satisfacción en los ojos. Tanto así, que sintió que su garganta se secaba. Esa mujer sí que era extraña...

—Sí, venga por aquí —Paula quiso guiar a Victoria hacia el sector del comedor en donde se encontraba una pequeña barra, bastante completa, pues Miriam se había puesto en campaña de conseguir diversos licores con sus amigos y algunos que sobraron de la boda de su hijo.

—No, aquí en la recepción está bien. Solo quiero un té o un café.

—Ah, bien, sí aquí tengo.

Paula le sirvió una taza de té con agua de su hervidor eléctrico y lo acompañó con algunas galletas.

—Es muy lindo este lugar —opinó Victoria sentándose en un sitial al lado del rosetón. Paula la miró intrigada y se acercó a ella, acomodándose en un banco de la orilla.

—¿Se refiere a la isla?

—No, a tu hotel.

—En realidad, es muy sencillo, a pesar que hemos trabajado mucho en la restauración.

—Ya veo. Tal vez necesites más capital para lograr las ansiadas estrellas —mencionó luego de dar un sorbo al té.

—Al fin de cuentas todo es negocio, tal como dijo el joven amigo de su hijo... —indicó refiriéndose a Benjamín—. Pero las estrellas no son mi prioridad —

agregó sincera—. Creo que tener un hotel rústico en medio del frío austral, ya es una gran hazaña, aunque mis abuelos se cansaron y lo abandonaron mucho antes de regresar a Copiapó. Mi tarea es lograr que este hotel aparezca en una guía turística, así como Hellington... o Los Vientos, como le dicen.

—Estoy segura que todos tus planes se harán realidad. Eres una mujer de esfuerzo, pero debes hacerlo con calma.

—Lo sé y no me apuro. En la medida que logre tener huéspedes, haré las reparaciones que faltan hasta conseguir que los inspectores de la Junta de Hoteles acepten venir nuevamente y luego buscaré un editor para que me apoye en la guía turística que pretendo hacer. Realmente son muchos los planes que tengo.

—¿Y tu novio? ¿Te apoya? —inquirió como no dando mucha importancia a la pregunta.

Paula enarcó una ceja, intuyó que tal vez la mujer quisiera indagar más en su vida. Ella no tenía nada que esconder, así que respondería con la verdad.

—¿Novio? Ah, no, no tengo.

—¿No?

—Me iba a casar, pero el muy canalla se casó con otra... Aunque eso ya no importa —Victoria la miró interesada.

—Y dime, ¿fueron amigos tú y mi hijo en el liceo?

—¿Amigos? —a Paula se le vino a la mente la definición que las viejecitas de la barcaza hicieron de los hombres: ¿y si le decía que cuando estaban en el liceo ella pensaba que Mateo valía hongos...?

—No, él era popular. Yo, no. Realmente casi no nos hablábamos.

—Ajá… Pero cuando fue la fiesta de licenciatura, alguien me contó que ustedes estuvieron conversando toda la noche.

—¿Sí? ¿Le contaron? —preguntó Paula interesada.

—Supe de la fiesta que mi hijo hizo en casa aquella vez.

—¡Mamá! ¡No empieces de nuevo! —ninguna de las dos escuchó que Mateo había llegado a la recepción.

¿Cuánto habría escuchado de la conversación?, se preguntó Paula, quizá no mucho. La cara de su excompañero de colegio demostraba algo de enojo. Al parecer su madre acostumbraba interrogar a las personas.

—Yo no he hecho nada, hijo. Además ya me iba. Muchas gracias por tu té, linda. ¡Ah! Y las galletas me las llevo para más tarde —agregó entregando la taza a Paula, quien la dejó sobre el mueble.

Mateo dio una mirada a Paula como queriendo iniciar una conversación con ella, pero se contuvo, misma cosa había ocurrido con ella quien también guardó silencio. Luego él subió la escalera detrás de su madre.

Cuando Paula escuchó que una puerta se cerraba, posiblemente la de Victoria, un trueno fuerte la sobresaltó y otra vez comenzó a llover. Iría a ver el techo del tercer piso, esperaba no encontrarse con goteras.

El dormirse temprano otra vez se había postergado…

En la mañana Rayén se levantó temprano, dejando que Mateo durmiera. Vio que el día había amanecido despejado e iría a correr por los alrededores. La noche anterior pidió a Benjamín que la acompañara, pues Mateo quería dormir hasta tarde.

El desayuno lo había solicitado a las diez, así que tenía casi dos horas para salir un rato. En el pasillo se encontró con Benjamín quien ya venía en su búsqueda, así que juntos bajaron a la planta inferior.

En la recepción se hallaba Berta revisando la correspondencia. Cuando los vio llegar, de inmediato hizo un gesto reprobatorio, como diciendo —*He ahí a la novia pone cuernos*— y Benjamín, para enrabiarla aún más, dio una palmada en las nalgas a Rayén, quien brincó del asombro, mirándolo con el entrecejo fruncido:

—¿Estás loco?

—Anda, aprovechemos la mañana.

Paula se encontraba vestida con un pantalón negro ajustado, su querida chaqueta con chiporro y un grueso gorro de lana, lista para ir al mercado del pueblo por provisiones, además intentaría contactar a alguna muchacha que quisiera trabajar como mucama y, por último, hacer el depósito en el banco. Antes de salir informó a Berta lo que haría y vio que Miriam ya había llegado.

—Ve niña, haz lo tuyo. Y tranquila, que yo serviré el desayuno: a los señores en el comedor y a la parejita en el dormitorio.

Así, confiada en que todo marcharía bien, se dirigió a realizar sus trámites. Iría caminando porque no podría traer las cosas y la bicicleta, pues cargada le sería imposible subir la colina. Aunque tal vez el señor de la verdulería le llevara las compras en su camioneta... Y nuevamente el fantasma de un vehículo motorizado llegaba a su mente. Quizá ahora lograra conseguir algún crédito. Pronto vería ese tema, no podía seguir así.

Tomó el sendero de la colina y se encaminó por el atajo hacia el pueblo, a lo lejos distinguió a dos personas que iban a trote por la orilla del bosque, reconoció de inmediato que se trataba de Rayén y Benjamín. ¿En dónde estaría Mateo? Tal vez rezagado o durmiendo. Solo esperaba que fueran lo suficientemente discretos y que no se dejaran ver, ya que ellos mismos solicitaron la mayor reserva, por lo cual, a la última persona que esperaba ver fuera de las dependencias del hotel, era a la célebre novia. Se encogió de hombros y prosiguió su ruta, tal vez si llegaba temprano a la ensenada en donde se reunían los pescadores, pudiera comprar algunos pescados, moluscos o crustáceos frescos. Los del mercado también lo eran, pero en la caleta, junto a los botes de los pescadores, siempre conseguía los mejores precios y calidad. Así que desvió su andar hacia la costa por el lado este, pasando por un pequeño barranco, el cual solo ella sabía cómo bajarlo sin resbalar.

Luego, por la orilla de la playa, divisó que los pesqueros estaban anclados y que los hombres de mar ya tenían algunas sartas con pescados listas para vender a sus caseras.

Sonrió porque esa rutina era tan pueblerina que para una un citadino resultaría pintoresco, en cambio para ella, que sabía lo que era vivir ahí, esa costumbre de Los Vientos era algo que amaba y que no cambiaría por nada. Acomodó la bufanda de lana en su cuello y caminó hasta donde se hallaban los pescadores.

—Señorita Díaz, ¿cómo está? ¿Busca algo especial? —la saludó un hombre de aspecto bonachón, de barba crecida y dispersa, con un llamativo y grueso gorro de lana en color anaranjado, a quien llamaban Don Vaca Rabiosa. Tal nombre se debía a una extraña anécdota familiar que hablaba de una vaca un tanto diferente al resto, que solía perseguir a quien se le cruzara por el camino. De ahí que Víctor, siendo joven y encargado de ordeñar al animal, recibió el apodo que los muchachos de aquellos años le pusieron.

—Hola don Víctor —no le iba a decir «Don Vaca»—. ¡Hola a todos! —agitó su mano para extender el saludo al resto, quienes respondieron moviendo la cabeza o sonriendo—. Sí, quiero sorprender a mis huéspedes… ¿qué gran pez ha atrapado hoy?

—Pues lo mismo de siempre —respondió quitándose el gorro y mostrando lo que había traído—: cojinovas, merluzas, muchos jureles y la especialidad, krilles gorditos y centollas patonas.

Paula miró las canastas y en efecto, estaban repletas con frescos productos del mar, traídos apenas llegó el alba.

—Entonces deme de todo un poco. ¿Está Pedro para que me los pueda llevar al hotel? —preguntó ella, refiriéndose al joven de los mandados que tenían los pescadores.

—¡Perucho! ¡Oye, cabro! ¿En dónde estás? —preguntó el hombre.

—¡Aquí estoy! —detrás de unas cajas para reparto, apareció un mozuelo de piel tostada por el aire marino y cabello tieso al cielo. Paula estaba segura que si le lanzaba algunas aceitunas a la cabeza, ninguna caería al suelo.

—*Madame* Paula, aquí Perucho *pa' servirle a usté* —saludó el muchacho dándole la mano, pero antes de hacerlo se dio cuenta de que no estaba del todo limpia y la deslizó por su ropa, como si con eso lograra quitar la mugre. Paula sonrió y respondió tomándole la mano con cariño—. Lo que mande la señorita, Perucho está *pa'too* lo que quiera —articuló el joven con humildad.

—Pedro, muchas gracias.

—Perucho no más, oiga… así me dicen *toos*.

—Está bien, así te diré —indicó Paula y él asintió.

—Con gusto dama le llevo los *pescaos* al hotel y se los dejaré a Ña Berta.

—Eres muy amable —añadió Paula para luego girar hacia el pescador mayor—. ¿Cuánto le debo don Víctor?

—Por ahora, nada. Si tiene huéspedes en su hotel, eso significa que tendremos turistas y a todos nos beneficiará. Vaya tranquila, muchacha, que sus amigos de la caleta la ayudarán siempre, ¿cierto cabros?

—¡Si, *poh*! —respondieron estos a coro.

Paula sonrió agradecida y feliz de sentirse a gusto con aquella gente tan sencilla y amable que poblaba ese apartado terruño.

Satisfecha de su primera gestión, salió nuevamente a la vía principal, subiendo otra vez por una ladera escarpada del acantilado. El suelo estaba resbaladizo producto de la llovizna que había caído al amanecer, así que en un momento no pudo mantener el equilibrio y cayó. Conocía el lugar, decenas de veces había caminado por ahí mismo y justo ahora sufría ese pequeño percance, suficiente para quedar sentada y embarrada.

—Anda, ven. Dame la mano.

Esa voz le resultó familiar, miró hacia arriba y allí estaba Juan Palacios con su mano extendida para ayudarla…

Capítulo 6

CALMA Y TEMPESTAD

Paula observó dubitativa la mano de Juan en donde, por un par de segundos, logró ver el flamante anillo de matrimonio. Resopló, pues esperaba que fuera cualquier persona, incluso llegó a creer que se trataba del muchacho llamado Perucho quien andaba por ahí cerca... Pero no, era el recién casado que la miraba desde arriba. Quiso ponerse de pie por su cuenta, optando por apoyarse con una mano y darse fuerza con una pierna, pero otra vez resbaló.

—No te haré nada. Solo deja que te ayude.

Ella guardó silencio y aceptó su mano para subir los últimos metros hasta llegar al llano superior.

—Gracias, no hacía falta —expresó una vez que estaba arriba, tratando quitarse el barro que tenía en la ropa.

—¿No? ¿Segura? Por poco y te matas, son varios metros antes tocar el suelo —aseguró casi en tono de regaño.

Paula quiso replicar, pero prefirió no entrar en una confrontación. Mal que mal, debía agradecer el haberla socorrido.

—Creo que debí haber tomado el camino largo. Y… ¿qué haces por estos lados? —preguntó para desviar el tema. Odiaba sentirse como damisela en peligro.

—No te sigo, si eso es lo que piensas.

—No quise decir eso. Solo creí que ya te habrías ido.

—Aún no. Nos iremos mañana o pasado —reveló algo titubeante.

—Bien —Paula intentó proseguir su camino, pero él le tomó el brazo en forma suave pues quería aprovechar el instante que la tenía cerca.

—Este… Paula, yo… yo lamento mucho lo que te dije ayer. Es que realmente me sorprendió verte en la ceremonia.

—Tú me invitaste, ¿no?

—¿Yo? —preguntó con el ceño fruncido.

—A ver, Juan —prosiguió Paula soltándose del agarre—: los que se casan, invitan. No habría ido a tu matrimonio así como así. Tu mamá me llevó la invitación.

Juan frunció el entrecejo y entendió lo que había ocurrido o al menos estaba casi seguro: Paula no figuraba en la lista de invitados, tal vez Miriam hubiese llevado el parte de matrimonio por encargo de Lila.

¿Con qué fin lo habría hecho? No lo podía asegurar, pero posiblemente lo hizo para aprovechar la situación y burlarse. Como haya sucedido, resultó un agrado saber que ella había regresado (aunque él ya no viviera en ese lugar), pero también sintió rabia por verla ahí en la iglesia tan bella con esa ropa mojada, sensual sin pretenderlo, especial, como solo ella sabía serlo… mas no siendo de él. Y debía reconocer que se había equivocado al agredirla de esa forma. Cada vez que quería arreglar las cosas, terminaba estropeando todo.

—Está bien, lo siento.

—Si te querías reír de mí, lo lamento, pero no funcionó. Tengo cosas más importantes en qué pensar y por qué preocuparme. Ahora si me permites, debo llegar al mercado. Necesito comprar algunas cosas.

—Supe que tienes huéspedes en el hotel.

—¡Qué rápido corre el correo de las brujas!

—De las estrellas de la tele, querrás decir.

—¿Qué? —preguntó intrigada, ¿quién había andado husmeando por ahí?

—*El Car'e Gato* y *El Mechas al Forro*[17], dijeron que trasladaron a unos *cuicos*[18] a tu hotel… unos ricachones y una tipa de la tele.

Fue ahí que Paula entendió todo: ese par de vagos, efectivamente, eran amigotes de Juan. Ya lo había

---

[17] ***Mechas al forro****: este apodo podría traducirse como «cabello desordenado (descuidado, despeinado)».*

[18] ***Cuico****: es un chilenismo peyorativo que se asocia a personas de clase alta o que simulan pertenecer a un nivel socio-económico alto.*

advertido en el momento en que la llenaron de lodo cuando pasaron por su lado con los vehículos.

—Llevaron a más personas, ¿por qué supusieron que se trataba de gente de la televisión?

—No te hagas. Son ellos, ¿no?

—Creo que no es un tema que a ti te pueda interesar, ni del cual yo deba estar hablando.

—Bueno, con tal de ganar dinero, hospedarías a cualquiera. ¿No has pensado en que ese hotel no tiene futuro y de una vez demolerlo? —largó todo con tanta ponzoña que Paula quedó perpleja ante lo resentido que Juan podía llegar a ser.

Quizá en épocas antañas no habría perdido su tiempo analizando y un buen puñetazo ya habría recibido el impertinente de Juan, pero lo que menos quería era gastar energías en alguien que no lo merecía. Así que dio un suspiro, miró al cielo medio segundo, como rogando por fuerza y respondió:

—Tus palabras tiran tanto veneno, que lo único que llego a sentir es lástima por ti. Lamento que no estés conforme con mi presencia, pero el que sobra eres tú. Aquí está mi casa, mi gente… y tú… tú solo eres un *hueón* desubicado y para colmo, un mentiroso de mierda. Ándate de una vez con tu mujer y sean felices.

—Lo seremos. Solo cuídate, no vaya a ser que te ocurra algo malo…

—¿Me amenazas, Juan Palacios? ¡Qué bajo has caído!

—Nunca te amenazaría, lo digo para que no vuelvas a utilizar este atajo, es peligroso —intentó deshacer lo dicho, pero Paula no le creyó y dio un bufido—. Además, tú me has hecho mucho daño.

Si llegó a creer que Juan diría algunas palabras bien hiladas y sin meter la pata, estaba totalmente equivocada. El muy idiota otra vez se hallaba hablando estupideces sin sentido y haciéndose la víctima, que para eso era experto.

—¡Yo no te he hecho nada! ¿En qué mundo vives?

—¡Te metiste con un tipo allá en Punta Arenas! —el color rojo de la cara de Juan afloró tal como si se tratara de una gran jaiba de dos patas parada frente a ella.

—¡¿Pero qué te importa lo que yo haya hecho?! ¡Entre nosotros nunca hubo nada!

—Tú sabes que sí... teníamos una especie de complicidad... había algo entre nosotros.

—¡Nunca fue así, acéptalo de una vez! Y ahora, si me dejas pasar...

—No hace falta, el que se va, soy yo —agregó irritado, saliendo a paso firme casi corriendo por el camino.

—¡*Hueón* de mierda! ¡Ojalá te salieran hemorroides! —maldijo con un tono de voz lo suficientemente audible como para que Juan oyera.

—¿Algún problema? —escuchó una voz que la sorprendió: ese tono pausado sabía quién lo emitía. Pero ¿qué? ¿Todo el mundo utilizaba hoy ese atajo para llegar al pueblo?

Mateo estaba en el lugar de ella en el barranco y, de seguro, había oído la conversación. Paula lo miró y trató de ocultar su enfado. Luego extendió su mano para ayudarlo a subir. Mateo la tomó con fuerza y ella jaló hacia arriba. Sintió como si le hubiese arrancado el brazo, ¿haría mucho ejercicio?—. *¡Concéntrate, Paula!*

Él la miró con una sutil sonrisa, como si hubiese escuchado lo que ella había pensado.

—Nada, ya pasó.

—Con esos deseos, no quisiera tenerte de enemiga —Paula sonrió.

Mateo se sorprendió con lo mendaz que podía llegar a ser una mujer con tal de no mostrarse débil, triste o afligida, porque estaba seguro que le habían dolido las palabras de ese tipo. Ella dio un respiro como intentando calmarse, aseguraría que temblaba de rabia, pero también de frío. Quería abrigarla o tener con qué cubrirla, cobijarla tal vez... pues cuando lo ayudó a subir, sintió que su mano estaba fría y la veía casi tiritar. Sintió algo muy extraño en el pecho, ¿se compadecía de lo que ella estaba sintiendo o sería otra emoción que no lograba identificar?

Siempre había odiado a quienes lastimaban o agredían, por eso estaba dispuesto a saltar de donde se hallaba y darle un buen par de golpes al cretino ese. No obstante, Paula se defendió bien, usando el diálogo. Estaba claro que se había contenido las ganas de explotar, por cautela. Se hallaba sola en un lugar algo apartado y tal vez temía de las intenciones de ese hombre.

Él tenía un pasado del cual no se enorgullecía mucho, había sido un vividor despreocupado, pero jamás fue maltratador y no aceptaba esas actitudes, por lo mismo, más de una vez terminó en el suelo o en la comisaría por meterse a defender a desconocidas... Con los años su carácter se había tornado más calmado y quizá por eso, estaba ad-portas de contraer matrimonio...

En fin, no debía seguir conjeturando, lo importante era que nada había ocurrido. En medio de tanto pensar, un inusual malestar estomacal apareció, haciéndolo recordar en dónde se encontraba y porqué había llegado hasta allí.

—Y bien, ¿hacia dónde te diriges? —finalmente preguntó y Paula lo miró algo confundida.

—Vicente, por favor, levántate. El día está maravilloso y tú estás fermentando, acostado. Pareces gallina empollando —reprendió Victoria a su esposo, descorriendo la cortina para disfrutar de una vista grandiosa de la bahía, en donde a los lejos se veía un poco de niebla con algunas nubes. El día había amanecido despejado, algo frío, pero de seguro más tarde se templaría. Con sus dos manos tomó la hoja inferior de la ventana y la subió procurando que entrara aire fresco al cuarto.

—¡Cierra esa cosa! Voy a pescar una neumonía —protestó Vicente metiéndose hasta las orejas entre las cobijas.

—Viejo escandaloso, no es para tanto —Victoria, de un golpe, dejó caer la hoja de la ventana en su lugar, aunque debía reconocer que hacía un poco de frío y que efectivamente podrían enfermarse.

En ese momento alguien tocó a la puerta. Vicente, para no ser visto, se cubrió completamente. Victoria dio un suspiro, anudó el lazo de la bata y se acercó a la puerta. Al abrir, vio que se trataba de la ayudante de Paula.

—Buenos días —saludó Berta empujando con una mano el carrito del desayuno y con la otra la silla de ruedas. Victoria la miró extrañada, pues había especificado que ellos desayunarían en el comedor, pero viendo que su esposo no tenía planes de levantarse, la idea de tomarlo en la habitación no estaba mal—. Aprovechen el día. Hoy, como nunca, está despejado. La novia ha salido a correr muy temprano —comentó como si nada, aunque esa era la intención por la que, «accidentalmente», equivocó el desayuno de los señores, a pesar de las instrucciones de Miriam.

Victoria la miró algo suspicaz, momento en que sintió que la boca se le secaba y eso solo ocurría cuando su intuición algo advertía.

—Mateo no me dijo que iría a correr. Vicente, ¿a ti te lo mencionó? —preguntó a su marido quien levantó un poco la cobija, lo suficiente como para mostrar un ojo.

—No —respondió con voz cansina.

Victoria se cruzó de brazos, luego fingió una sonrisa y miró a Berta.

—Oh, no, no. La señorita no salió con el joven novio. Ella ha salido con su amigo, el moreno alto…

Ahí estaba la respuesta a su sexto sentido, pensó Victoria. Se conocía bien y por algo no confiaba en la prometida de su hijo.

—Bien, que tengan buen día —agregó Berta finalmente y salió del cuarto.

—¿Viste, Vicente? ¡Yo sabía que esa niñita algo se traía entre manos!

—No puedes hacer un juicio así como así. Ellos se conocen desde hace años… Mateo y Benjamín… no sé qué pretendes insinuar —refutó Vicente levantando las frazadas pues el desayuno que había llegado se veía delicioso.

Victoria miró otra vez por la ventana y el cielo se había vuelto a cubrir con nubes grises, ¿de dónde habían salido? A lo lejos, en el mar, divisó algunos rayos que amenazaban con una nueva tormenta.

Capítulo 7

UN ARCOÍRIS

—¡Espera, Rayén! Tú eres una estrella de cine y me imagino que tienes un *personal trainer*, pero yo ni tiempo tengo para ir a un mísero gimnasio —reclamó Benjamín a Rayén llevándose una mano al pecho, casi sin aliento.

Ambos corrían por un pequeño sendero, colina arriba, en las cercanías del bosque en donde la actriz le llevaba bastante ventaja haciendo alarde de su buen estado físico. En cambio él, los últimos metros, los había hecho casi en cuatro patas y respirando con dificultad, pues sentía que el oxígeno le faltaba.

—¡Oh, vamos! Esto está recién comenzando —expresó ella levantando los brazos al aire y realizando un par de movimientos corporales, momento en que logró distinguir en la lejanía a un par de figuras humanas que golpeaban las puertas de unas cabañas, al parecer, abandonadas. Bajó los brazos rápidamente y agudizó la mirada.

—¿Sabes, Ray…?

—¡Shhh! —hizo un gesto casi desesperado a su amigo llevándose el dedo índice a los labios en una clara señal para que él se quedara callado—. Anda, dame los binoculares —agregó estirando un brazo y poniéndose en cuclillas aprovechando la pequeña loma que los cubría. Benjamín descolgó el largavista que traía en el pecho y se lo entregó, tratando de ocultarse como ella, pero no sabía de quién o quiénes se escondían, ni por qué.

—¡Lo sabía! ¡El muy desgraciado! —soltó Rayén en medio de un resoplido.

—¿Qué? ¿De quién hablas?

—Ten. Mira —ordenó, entregando el instrumento a su amigo, quien los acomodó en sus ojos, viendo a un hombre y una mujer que se paseaban por unas casitas.

—No sé quiénes son —aseguró al cabo de unos segundos luego de haber observado a los desconocidos.

—Uno es Esteban Estefany, la otra ha de ser su ayudante.

—¿Periodistas de Santiago? ¿Aquí? ¿En la chucha del mundo[19]?

—Así es. Me pregunto, cómo dieron con nosotros. Supuestamente este lugar es desconocido para muchos. ¿Escuchaste decir… no sé si a Victoria o a Paula, que no estaba en el mapa? —Benjamín se encogió de hombros.

---

[19] **Chucha del mundo** («*donde el diablo perdió el poncho*»): *en Chile se refiere a un lugar muy lejano.*

—Por nuestra parte, nos preocupamos de que nadie se enterara y estoy seguro que Paula no ha dicho nada. A no ser que hayan sido esos tipos que contratamos para que nos trasladaran al hotel. Me sonó raro que no supieran qué sendero seguir, ¿te acuerdas?

—Mmm, sí… pero también es posible que solo hayan sido un par de estúpidos que no saben en dónde están parados. Como sea Benja, el que nos debe preocupar es ese tipo… Estefany es de cuidado. Vámonos, debemos planear algo. Esta vez no me va a arruinar el matrimonio. Pero ¿qué mierda? —ambos escucharon un trueno fuerte y el agua comenzó a caer sobre ellos. Otra vez se había puesto a llover—. Andando, amigo.

—Corramos, será mejor.

—Esa es más o menos la historia… por eso él habla así —relató Paula a Mateo quien le había preguntado por qué Juan se dirigió a ella de esa forma.

—Es decir, el muy *hueón* terminó creyendo sus propias mentiras —Paula abrió la boca para decir que eso no sonaba muy bien, cuando una gota de agua en su nariz le hizo recordar en qué parte del mundo se hallaba.

—Otra vez está lloviendo, por eso siempre ando con esto —de entre sus ropas sacó un pequeño paraguas y se cubrió con él, intentando también resguardar a

Mateo, pero él alzó la capucha de la casaca impermeable que traía puesta.

—No te preocupes, pero debemos volver al hotel —propuso él.

—No puedo. Tengo que ir al pueblo por mercadería y a hacer algunos trámites —Mateo sonrió amablemente. Era extraño para él, un hombre de mundo que al solo chasquear los dedos le servían todo, ver a una muchacha tratando de dar vida a un hotel que parecía estar a punto de fenecer, pero que ahí, lejos de cualquier centro urbano, era la joya más preciada. Tanto que le comenzaba a gustar, a pesar de la falta de comodidades. Tal vez el hecho de ser rústico y pintoresco era lo que más llamaba su atención.

—Te acompañaría, pero… —agregó con franqueza, pues una parte de él deseaba explorar libremente el pueblo y sus atractivos, en tanto otra, le decía: *debes mantener el anonimato por Rayén.*

—Entiendo, tienes novia y no debes dejarla sola, el hotel no tiene muchas atracciones que digamos y se aburrirá. Adelante, regresa. Además, como oíste a Juan, ya hay rumores en el pueblo y si te ven, querrán indagar, podrían enterarse de que ella está aquí y…

—Sí, tienes razón.

Paula sonrió con tristeza porque estaba segura que él quería pasear y empaparse de la belleza insular, de la gente humilde que allí vivía, ver los hermosos acantilados, disfrutar de las playas de piedras lisas y negras; conocer los dos pequeños restaurantes a la orilla del mar que servían las mejores centollas que en su vida probaría. Tal vez en alguna oportunidad pudieran, él y su esposa, degustar esos manjares. Dio un paso atrás y luego giró.

Mateo la observó marchar en medio de la lluvia con su paraguas protegiéndola, casi dando saltitos. Se veía feliz, era una encantadora postal que le gustaría tener enmarcada.

—*En tu velador, Mateo* —se dijo sonriendo para luego emprender regreso al hotel.

—Hay que desviar la atención de todos, demos un lugar falso para el matrimonio… —planteó Rayén de pie en medio de la sala del hotel, en donde se habían reunido a esa hora de la tarde para analizar los pasos a seguir debido a la inesperada e indeseable llegada de Estefany.

Mateo se encontraba sentado en un sofá al lado de la ventana; su madre y Vicente en otro sillón más grande y Benjamín apoyado de la barra con un trago en la mano.

—Esa estrategia ya la probamos en Santiago y no resultó —refutó Mateo.

—Yo me pregunto, ¿por qué mierda quisiste buscar un lugar tan remoto, siendo que en Copiapó hay tan lindas iglesias? …La Catedral[20], por ejemplo.

---

[20] ***Catedral***: *se refiere a la **Catedral de Copiapó**, (Parroquia Nuestra Señora del Rosario). Se ubica en pleno centro de la Capital Regional y*

—Está en medio de la ciudad, Benja, ya lo sabes —argumentó Mateo.

—¿Y La Candelaria[21]? —prosiguió el moreno.

—Es casi lo mismo —suspiró Victoria meneando la cabeza.

—Incluso la de Tierra Amarilla[22]... o la de Nantoco[23] —insistió Benjamín.

---

se caracteriza por ser el templo más grande la ciudad, fue declarado Monumento Nacional en el año 1981 y es reconocida por su deslumbrante sagrario y frontón del altar de plata cincelada.

[21] ***Iglesia de la Candelaria****: La historia dice que en 1780, cuando Mariano Caro Inca, vecino del pueblo de San Fernando, regresaba de la cordillera, una tormenta lo obligó a refugiarse en unos peñascos, en donde encontró una pequeña imagen de la Virgen María. Con el tiempo, se construyó un santuario, ubicado en la ciudad de Copiapó. Hoy la nueva iglesia, cuenta con sectores especiales de velatorio y es el principal centro de adoración de la Virgen, en donde se guarda también la imagen encontrada por Caro Inca.*

[22] ***Iglesia de Tierra Amarilla****: hermoso templo, ubicado en la comuna del mismo nombre. Es de carácter arquitectónico gótico. Fue construida en 1783 gracias a la iniciativa del minero Pedro Arenas, descubridor de la veta de Loreto. En honor a este hallazgo minero, más tarde conocido como mineral de Pampa Larga, se edificó dicha parroquia. Unos años después fue destruida por un incendio. La iglesia se reconstruyó en 1896 por el arquitecto José Miguel Retornano, solo en 1991 fue reparada totalmente. Es una de las más bellas de la región.*

[23] ***Iglesia de Nantoco****, ex hacienda de Nantoco se ubica al interior de la Comuna de Tierra Amarilla, en la Región de Atacama, fiel representante del auge de la minería de la plata, así como en virtud de sus elementos arquitectónicos y decorativos. Fue declarada Monumento Histórico en 1984. Actualmente, aunque en mal estado, la casa y la Iglesia continúan siendo un referente local. Además, tanto el paso del tiempo como los últimos sismos en la zona, han provocado daños importantes. De la Iglesia, por ejemplo, solo quedan en pie el pórtico y la torre, es decir, solo se preserva la fachada.*

—¿En Nantoco? ¿Me *estai*[24] *hueviando*? —preguntó recordando que la citada iglesia solo conservaba la fachada—. Desde un principio te dije que quería un sitio apartado para casarme… para estar lejos de la prensa. Tú mismo dijiste que aquí sería perfecto porque era casi imposible de llegar. Es demasiado sospechoso que ese imbécil esté merodeando por estos lados.

—Tranquilo amigo, ahora sí te casarás. Dalo por hecho —aseguró Benjamín.

Mateo frunció el ceño pues ya conocía esa expresión y era evidente que nada bueno auguraba: problemas, malas decisiones y sobre todo, una víctima: él.

Mientras hablaban, Paula ingresó al salón en forma distraída, ya que no sabía que ellos estaban allí reunidos. Mateo realizó un gesto con la cabeza indicando que podía entrar, pues consideró que no era tan secreto lo que estaban tratando. Ella, en forma sigilosa y procurando pasar desapercibida, lo hizo en puntitas de pies por detrás de Rayén y se metió tras la barra en donde se hallaba Benjamín. En ese mueble había dejado una extensión eléctrica que necesitaba para hacer funcionar el hervidor de agua que usaba en la recepción, así que se acuclilló para hurgar en un par de cajas que allí tenía.

Benjamín no encontró mejor oportunidad que

---

[24] ***Estai, andai, vai:*** *modo chileno de expresión, palabras mal dichas y mal utilizadas en sus formas verbales (estás, andas, vas y en otros verbos).*

aquella, pues Paula era la indicada para llevar a cabo su plan, a pesar de que eso significara desembolsar más dinero, pero a estas alturas era lo que menos le importaba.

—Mateo, amigo mío, te casarás… y te casarás con Paula.

—¿Qué? —Mateo se puso de pie y también Paula, pero ella con tan mala suerte que al hacerlo, chocó su cabeza con el mueble de la pared, haciendo que algunas botellas de licor se tambalearan.

—Creo que oí mal, lo siento —aunque ella estaba segura que había escuchado su nombre. ¿Qué estarían tramando ahora? ¿Sería alguna especie de cámara escondida o broma de mal gusto que le estaba tendiendo esa gente?

—Así es, Mateo. Ven, Paulita, acércate —solicitó Benjamín.

Ella lo miró incrédula, dejando el artefacto eléctrico sobre la barra e hizo un gesto con los ojos a Mateo para ver si él entendía algo, pero este solo se encogió de hombros. Rayén se hallaba cruzada de brazos y meneando su cabeza en forma afirmativa, ya que dedujo de inmediato la idea de Benjamín.

Por otro lado, Vicente enarcó una ceja, cruzó un brazo y apoyó el otro para llevarse la mano a barbilla. Deseaba estar lejos, tal vez tras una pila de documentos que revisar. Realmente esas aventuras juveniles de «me caso, no me caso» lo estaban colmando. Si no fuera porque necesitaba mantener la unidad familiar y que su hijo por fin se hiciera responsable de su vida (pero bien lejos de ellos), ya se habría marchado.

Victoria por su cuenta escuchó la descabellada idea, atenta e ilusionada. No estaría mal que su hijo se casara con esa chica, quizá ocurriera un milagro y se alejara de la tal Rayén, pues ella estaba convencida de que no era de los trigos muy limpios.

Paula miró con desconcierto hacia la ventana, en donde en medio de la tormenta se coló un rayo de sol, ¿un arcoíris? Rayén también se asombró, pero al no ver nada fuera de lo común se volteó dispuesta a exponer su plan:

—Haremos toda la parafernalia de que nos casamos, con invitados, con juez, en la casona, en fin... Daremos a los periodistas lo que ellos quieren y, cuando se vayan y den todo por terminado, realizaremos la boda verdadera, ¿qué dices, Mateo? —preguntó Rayén entusiasmada y con un brillo de emoción en los ojos.

—¡Están locos! Yo no entro en ese jueguito —sentenció Paula.

—No, Pauli. No es un jueguito... —continúo hablando Rayén acercándose a Paula en tono zalamero. La tomó del brazo casi cariñosamente y ella la miró sin entender.

—No, no hagas caso, Paula —sugirió Mateo—. Rayén, ya termina, ¿sí? Da lo mismo si se trata de Paula o de ti, sería una boda falsa. No veo la necesidad de meterla a ella en nuestros problemas.

—Es que, mientras los reporteros estén festejando, tú te escabullirás y te reunirás conmigo en un lugar específico para realizar la boda verdadera, ¿qué dices?

Paula se soltó del agarre de Rayén, miró a todos como diciendo: —*Aquí sí que están locos*—, dio un gruñido e intentó salir.

—¿A dónde vas? —le preguntó la novia.

—A hacer lo mío. Ya he hecho bastante por ustedes: he guardado el secreto de quiénes son y les voy a arrendar la casona abandonada, pero ahí finaliza mi participación. Búsquense a otra que esté dispuesta a seguirles el juego porque yo no tengo tiempo para eso.

—Ay, Paulita, tú sí que puedes… tienes un físico muy parecido al mío… solo habría que hacer un par de arreglos por aquí y otros por allá… —expresó Rayén tocando los pechos de Paula viendo que eran algo más pequeños que los de ella.

—¡Basta! —Paula le dio una palmada a Rayén en su mano tratando de alejarse, pero Benjamín se puso en su camino.

Mateo se acercó a Paula, tal vez la idea de un matrimonio falso no fuera tan descabellada como pensó en un principio. Es decir, el no casarse realmente también podría ser otra opción… pero le simpatizaba ver la cara contrariada de Paula y lo grato que le había resultado haber hablado con ella durante la mañana. Quizá… (Y solo quizá), le agradaría la idea.

—Paula, te verás bien como «novia de mentira» —aseveró Mateo y ella lo miró desconcertada porque pensaba que él era un poco más sensato que el resto. Al parecer el lado inteligente se había ido por el retrete y los demás tenían sueltos unos cuantos tornillos de la cabeza.

—¡Ya verán esos estúpidos quién es Ray Neumann! —afirmó Rayén cruzándose de brazos.

—Primero sabrán ustedes quién es Paula Díaz Cortés porque no me pienso casar. ¡Mateo Vicuña, estás cagado de la cabeza!

—No, Paulita. No es que te cases… ¡te acaban de cazar *mijita*[25]! ¡Como a ti, mi niño hermoso! —observó Victoria desde su asiento.

Vicente dio un suspiro de resignación, necesitaba esfumarse de ese lugar.

En tanto afuera había aparecido un enorme y hermoso arcoíris que engalanaba el cielo de Los Vientos con un esplendor inusitado.

---

[25] **Mijita (o)**: *forma cariñosa de llamar a alguien.*

Capítulo 8

UNA NIEBLA SIN COMPÁS

Amaneció sin lluvia, aunque la niebla costera no se disipó a mediodía, impidiendo que el helicóptero que traía a los padres de Rayén, aterrizara a la hora prevista. Los señores Neumann se quedarían en Puerto Chacabuco a la espera de abordar el ferri que llegaría a Hellington a eso de las seis de la tarde. Al parecer alguien en las alturas no los quería allí, porque durante el día anterior tampoco lo pudieron hacer producto de la tormenta desatada en horas de la tarde, a pesar de la aparición de un traicionero y hermoso arcoíris que hizo falsamente presagiar un cambio en el tiempo. Pero otra vez la tempestad realizó su extraña y no bienvenida llegada. Con un tiempo tan tornadizo los operadores aéreos no se atrevían a dar autorización a helicópteros o avionetas para salir en el sector de los archipiélagos.

Pero ahí estaban, arropados como día invernal, en pleno mes de febrero, observando lo que en algún tiempo, tal vez un siglo atrás, había sido una bella casona, la que hoy se hallaba rodeada de matorral espeso cubriéndola casi en su totalidad; una laguna con más algas, lama y cieno, que agua; y un gran candado oxidado cerraba el portón de madera gruesa.

—¿Y bien? ¿Qué opinan? Les dije que no era gran cosa, pero es bastante grande. La usaban como refugio a principios de los setenta. Según cuenta mi abuelo, entre el setenta y el setenta y cuatro, hubo inviernos demasiado fríos y con mucha nieve, así que la gente del pueblo se venía guarecer aquí —relató Paula, mientras Benjamín y Mateo observaban curiosos la construcción que no tenía buena fachada.

—Se nota que es de cimientos fuertes, el paramento se ve firme, pero no del todo atractivo —señaló Mateo refiriéndose al pilar saliente del muro, construido de piedras.

—Y por dentro, ha de estar peor que por fuera —opinó Vicente Vicuña dando un sonoro bostezo, quien a regañadientes había ido. Por él se hubiese quedado en la habitación degustando unos ricos mariscos, gran especialidad del hotel que a su distinguido paladar, había conquistado.

Victoria rodó los ojos y dio unos cuantos pasos para posarse al lado de Paula, algunas veces se arrepentía de haber insistido en que su marido los acompañara. Era poco asertivo, pesimista y, realmente, la hartaba.

—Tal vez no tanto. Hace un tiempo mi abuelo la prestó a la escuela del pueblo para que hicieran la fiesta de licenciatura de los octavos básicos —informó Paula.

—Entonces no ha de estar tan mal —agregó Mateo de la mano de Rayén quien miraba sonriente el lugar porque era justo lo que ella quería.

—Anda, amor, y si está muy deteriorada, contratamos a algunas personas para que la remodelen… además puedo traer cosas de utilería desde el estudio de grabación… —señaló la novia dando pequeños golpecitos en el hombro a su prometido.

—¿Desde Santiago? —preguntó Paula incrédula.

—¡Por supuesto, Paulita!, por algo soy Ray Neumann —Paula quiso resoplar, pero se contuvo. Fue Victoria quien hizo una señal de negación y fastidio a espalda de la actriz.

—Mejor vayamos a ver —propuso Benjamín.

Paula dio un suspiro y caminó junto a Victoria hacia la puerta. Metió la llave en la cerradura y el candado cedió de inmediato.

Al entrar se vieron en un amplio vestíbulo, un piso de piedra en bastante buen estado y, en el centro, una gran lámpara de lágrimas colgando que parecía ser tan antigua como la casa misma. Todo se hallaba iluminado por grandes ventanas en vitral que estaban en altura y sucias. Alguien tendría que usar unas buenas escaleras o andamios para limpiarlas, pensó Benjamín.

Pero lo que más llamó la atención de Mateo fue un lienzo colgado en medio que cruzaba de canto a canto el salón y que decía: «Generación '99».

—Dijiste que tus abuelos la habían prestado a la escuela para una fiesta de fin de curso —Paula movió su cabeza en forma afirmativa—. ¡Pero eso fue hace casi veinte años! ¡Mira!

Al leer el lienzo, ella puso los ojos como platos del asombro. Luego repasó unos instantes y respondió:

—Supongo que mis abuelos no han de percibir el tiempo como nosotros…

—¿Y tú no habías venido a este sitio? —le preguntó Benjamín.

—Llevo pocos meses aquí y he dedicado tiempo solo al hotel —reconoció Paula mirando pensativa la fecha—. *¿Veinte años? ¡Chuta[26], sí que pasa rápido el tiempo!*—. Pero, en resumidas cuentas, esto les sirve, ¿o no?

—¡Claro que sí, Paulita! —contestó Rayén con voz forzadamente dulce—. El «matrimonio de mentira» lo realizaremos en este lugar, mientras que la boda verdadera se llevará a cabo en la capillita del pueblo, ¿qué les parece?

—Genial —masculló Paula con desagrado. En algún momento llegó a creer que cuando los acaudalados huéspedes vieran el estado de la construcción, el absurdo plan se cancelaría, pero ya veía que el efecto había sido todo lo contrario.

—¿Y si lo hiciéramos al revés? O sea… —comentó Victoria discretamente a Vicente, pero él la miró sin entender—. ¡Bah! Olvídalo.

---

[26] **Chuta, churra, pucha**: *chilenismos que pueden expresar admiración, susto, dolor, enojo o tristeza.*

En la recepción del hotel se hallaba Berta detrás del mesón ordenando algunas facturas, momento en que el tintineo de las campanillas de la puerta la alertaron de que alguien venía haciendo su llegada junto a una brisa helada que se coló como invitada no deseada. Se trataba de un hombre y una mujer, ataviados con abrigos del tipo inflado hasta los tobillos, en un poco disimulado color lima fosforescente. Ella les sonrió en forma amable, aunque el individuo le resultó recelosamente familiar.

—Buenas tardes —saludó el recién llegado—. Queremos saber si hay habitaciones disponibles para hospedarnos.

—Bienvenidos —respondió Berta tras el mostrador—. Eso depende… —agregó. Ya sabía a quién tenía en frente y debía ser cautelosa. El forzado acento del tipo confirmó su sospecha.

—¿Depende? Depende de qué —preguntó la mujer que lo acompañaba, quitándose el gorro y dejando ver una llamativa cabellera violeta con mechones en tono verde esmeralda.

—De quiénes sean… —contestó Berta rodando su silla hacia atrás, para mirarlos mejor—. La dueña de este hotel se reserva el derecho de ingreso —agregó.

El hombre miró incrédulo a su acompañante quien solo se encogió de hombros.

—¿Sí? ¡Ja! A este hotel no vienen ni las almas en pena.

—¿Está segura usted, señorita? ¡Ni se imagina las bondades que tenemos!

La mujer quiso responder nuevamente para mofarse, pero él la interrumpió:

—Soy Esteban Estefany —se presentó abultando su pecho en señal de orgullo, pero Berta lo miró con indiferencia. En su mente creyó tener delante de ella a un personaje de historieta, pero omitió el comentario—. Tal vez me conozca por mi trabajo en el diario La Quinta Estación…

—Sí, claro que conozco su trabajo, pero lamento informar que no les puedo dar alojamiento —agregó sincera porque realmente estaba segura de que ese hombre no tenía cabida allí, dado que los huéspedes huían precisamente de él. Aunque, siempre había una salida para todo…

—Oiga, ¿sabe? ¡Subimos la condenada colina a pie, con esta niebla que con suerte nos vemos las manos! Aquí no hay más que unos cuantos pelagatos, dígame, ¿por qué nosotros no podemos quedarnos? —preguntó la asistente de Estefany, algo molesta.

—Esas personas están aquí por un asunto específico.

—¿Entonces quiere decir que ellos pagaron por todo el hotel? —preguntó Esteban interesado, disponiéndose a sacar su celular para grabar lo que Berta podría decir, pero el rostro de la mujer, que no era de los muy simpáticos, lo hizo desistir.

—No, no he dicho eso. Y de verdad que no puedo darles hospedaje en las habitaciones del hotel, pero tal vez podría ser en otro sitio... Para ello deberán prometer quedarse en silencio. Nadie, absolutamente nadie, los puede ver y tendrán que transitar por la puerta de servicio.

—Es que eso es exactamente lo que tenemos planeado... no queremos que nadie nos vea —reconoció interesada la mujer.

—Sería en la lavandería. Hay espacio suficiente y Paula nunca va ese lugar porque es alérgica al detergente en polvo... aunque eso no les interesa...

—Mmm sí, es aceptable —convino Esteban.

—Pero les cobraré el triple.

—¿¡El triple!? ¡Eso es abusivo! No, Esteban, vámonos.

—Lo tomamos —aceptó seguro Estefany, poniendo un fajo de billetes sobre el mesón.

—¿Qué? ¡No seas tonto! Esta señora es una usurera —reprochó indignada, en tanto Berta tomó el dinero, metiéndolo de inmediato entre ella y la silla de ruedas.

—Amelia, si quieres, te vas. Pero tendrías que bajar solita la colina —indicó Esteban aprontándose a seguir a Berta, mientras acomodaba la mochila en su espalda.

—Eres un tonto.

—Todo sea por la noticia.

—¡Ja! «La noticia», como si eso te importara...

Al cabo de media hora, Berta tenía todo listo: los

reporteros escondidos y una buena paga que pensaba dársela a Paula cuando todo terminara. Tal vez se enfadaría, pero el trabajo ya estaría hecho.

Mientras tanto, tenía que finiquitar otro pendiente: enviar un mensaje a su amigo, el sacerdote.

En siete días todo se había convulsionado para Paula: su tranquilo hotel estaba patas arriba, con lleno completo. Nunca, ni en sus mejores días (esos, en que dos visitantes se quedaban por una noche) se lo habría imaginado. Benjamín había traído a todo un equipo de constructores y remodeladores para la casona. Le dijo que, por el apoyo brindado, todo quedaría en manos de ella una vez que finalizaran. Por ese lado no se arrepentía del trato, esperaba no lamentarlo más adelante…

Además logró contratar a una muchacha, quien trabajaría en el hotel por el periodo que duraran sus vacaciones de verano, pues en marzo debía regresar al instituto en Punta Arenas.

Miriam por su cuenta convenció a algunas amigas para que se desempeñaran como ayudantes de cocina, en tanto la madre de Paula, cooperaba con el aseo. Así que el negocio iba viento en popa, rogaba que eso sirviera para dar a conocer a Los Vientos al mundo, una vez que la noticia del matrimonio se hiciera pública.

Había hablado un par de veces con Mateo, solo en

relación a ciertos detalles de la llamada «Boda de Mentira»; sobre qué tenía que decir, quién la acompañaría a la casona (estaba claro que no sería su padre), incluso Victoria se esmeró en medir su talle porque había comprado un traje especial para ella en una casa de novias de Coyhaique. Cosa bastante extraña, considerando que ella era la novia falsa, por lo que podría haber utilizado cualquier vestido o incluso pedir ayuda a Ximena, aunque sabía que esto último no lo podía hacer, ya que si le decía a su amiga qué tramaba, era posible que Juan volviese a intentar acercársele. Hasta donde sabía, él todavía no se había ido.

En fin, ese no era el tema que le preocupaba, era Mateo. Lo veía silencioso y quizá algo preocupado. No era el mismo que arribó a su hotel hacía unos días, sentía que evitaba entablar con ella una conversación más profunda. Tal vez se había arrepentido del plan, pero ¿por qué no daba pie atrás y terminaba todo? Posiblemente estuviera cansado con tanto ir y venir, pues estaba claro que esa boda era la menos convencional que alguien hubiese visto.

Revisó por última vez la alacena y vio que las compras realizadas por Katina, la joven de servicios, estaba completa. La muchacha era eficiente y con mucha iniciativa, lamentaba que estaría con ella solo por el periodo estival pues regresaría al continente a seguir sus estudios. Así que apenas finalizara la aventurilla de su «matrimonio de mentira», tendría que buscar una nueva ayudante, siempre y cuando la afluencia de público al hotel se mantuviera.

Dejando todo más o menos listo, subió a su habitación, necesitaba descansar unos instantes antes de ver los detalles de la cena de ese día.

—Hola, Paulita.

—¡Ay, mierda! —sintió que había saltado del piso y quedado pegada en el techo como araña. ¿Cómo demonios se le ocurría a Toto llegar así sin avisar?—. Toto «imbécil» Quevedo, ¿qué haces aquí?

—Sí, a mí también me da gusto verte —respondió calmado y sonriente. Paula dio un bufido mientras él la apretaba entre sus brazos—. Debiste haber escuchado el motor del jeep. Tengo «escape libre»…

—No oí nada, he estado muy ocupada. ¿Te puedo ayudar en algo? —preguntó luego de verse liberada de los tentáculos de su amigo.

—¡Ja! ¡Gran recibimiento que me das!

—Lo siento, es que no estoy de ánimos, he tenido un día muy agotador. ¡Además te metes en mi dormitorio como si fuera tu casa!

—Tenías la puerta abierta.

—¡Un intruso! ¡Eso es lo que eres! —espetó con sus manos en las caderas, pero las bajó de inmediato porque a su mente se vino la imagen de Miriam regañando a sus hijos.

—Llegué por la entrada principal, como todo el mundo. Fue la tía Berta quien me dijo que estabas aquí —reconoció refiriéndose a la ayudante de Paula, a quien de cariño llamaba así—. Vine a verte porque, como ya sabrás, en el pueblo hay rumores...

—Lo sé.

—Está aquí esa actriz ¿no?, la Rayén Neumann —ella guardó silencio, con lo cual Toto dio por afirmativa la respuesta—. A mí eso me parece excepcional... quiero decir, esto puede servir para el turismo y de paso para que tú recibas una buena paga.

—Realmente todo va por cuenta de Benjamín Salas, un amigo de los Vicuña. Aunque claro, las exquisiteces fuera del menú, son cuentas aparte —pronunció recordando la cantidad de centollas que había comprado a los pescadores de la caleta—. Pero sí, me están pagando muy bien —Toto sonrió.

—La gente en el pueblo se inquieta... no es común tener a una celebridad. Si confirman que ella está aquí junto a su novio, querrán verlos... no sé... tomarse fotos... algunos tal vez hasta llamen a la prensa. Ya sabes, sucesos así no ocurren todo el tiempo.

—Es que precisamente por eso existe tanto hermetismo. Ven... —invitó a su amigo a sentarse alrededor de la mesa que estaba adosada a una pequeña ventana—. Es por Rayén... la novia, por lo que sé, ella ha sido víctima de acoso o algo parecido por un *paparazzi*.

—¿Un qué, dijiste?

—Un *paparazzi*... un periodista de esos que andan a la caza de fotos indiscretas de personas famosas, un tipo hostigoso que la ha seguido a ella y a su novio. En realidad, todo es muy confuso.

—Pero ¿por qué eligieron precisamente nuestra isla?

—Por lo discreta… por lo lejana. Debo confesarte que con Mateo Vicuña estudié los dos últimos años de enseñanza media… de ahí, nunca más lo vi, pero hace poco recibí un correo de Benjamín, en donde me habló de la boda y de las intenciones de llevarla a cabo aquí en Los Vientos.

—¿Te habrá buscado?

—¿Él? ¿Mateo? —Toto asintió—. Lo dudo. Creo que esto ha sido casual. Él necesitaba un escondite y aquí lo encontró. Yo, lo único que quiero, es sacar a flote este hotel, lograr que Los Vientos sea conocido y, en resumidas cuentas, darle más vida este pedazo de tierra. Lo que menos quiero es causar polémica o crear alboroto entre los habitantes del pueblo.

El muchacho sonrió con cariño y le dio un apretón de manos a su amiga.

—Tú sabes que este es un rincón olvidado, tanto que su nombre no aparece…

—Es que, ¡he ahí el gran desafío! —lo interrumpió emocionada—. ¡Estoy segura que lo lograré! Y tú me ayudarás… —Toto la miró sorprendido—. ¡Me debes crear esa página web! ¡Necesito *marketing*!

—Tranquila, amiga. Estoy trabajando en un video para mostrar lo mejor de Los Vientos. Tu página estará lista, apenas lo edite y lo incluya. Yo estoy seguro que todo lo que deseas se cumplirá. Eres excelente en lo que te propones, pero debes considerar lo cambiante de nuestro clima, eso siempre es un obstáculo… Cosa que, si bien a muchos incomoda, para otros pudiera ser sinónimo de un atractivo especial… por lo mismo, lo voy a incluir en el video y mostraré imágenes de nuestras más bellas postales... debemos dar énfasis a lo del deporte extremo, ¿qué dices?

—Confío en que quedará perfecto.

—Nuestro clima no es favorable aunque últimamente ha sido de los mil infiernos...

—Sí, es cierto eso que dices. ¡Espera, espera! —Paula se puso de pie y comenzó a dar vueltas en la habitación. ¡Todo calzaba! Los cambios del tiempo en forma tan brusca, no eran comunes. Hellington tenía un clima bastante desfavorable, pero en los últimos días había sido exagerado.

—¿Qué? —preguntó Toto intrigado. Ya la conocía y sabía de esos arrebatos. Era como si su mente se iluminara por alguna luz divina.

—¡El tiempo, Toto! Hace poco más de dos semanas que está demasiado cambiante... mismos días en que los Vicuña y los suyos, llegaron.

—Ya, ¿y? —preguntó sin entender.

—¿No te parece sospechoso?

—¿Qué insinúas?

—No insinúo nada, solo digo que con tanto dinero se puede manipular, ¿no?

—¿Qué? ¿El clima? —Toto no sabía si reír en la cara de su amiga o tratar de esconder la carcajada.

—Ajá.

—¡Ay, Paula! Eso no existe. He leído algunas teorías conspirativas, pero de ahí a ser cierto... y aquí, ¿en Chile? ¿En Los Vientos? Mmm no, creo que no. Ves muchas películas de ciencia ficción —respondió tratando de resultar amable.

—Todo es muy coincidente.

—O quizá sea solo tu imaginación —Paula quería seguir analizando su idea, pero una voz, bastante desentonada y poco acompasada se escuchó en la entrada del hotel. Abrió la ventana para ver de qué se trataba y allí afuera se hallaba Perucho, el chico de la caleta de pescadores, acompañado de un par de amigos como de su misma edad: uno con una guitarra y otro con un bombo, intentando hacer una serenata a... ¡Paula!

—*Como yo te amo... Como yo te amooo, convéncete. Convéncete... «nadien» te amará.*

—¿Qué es eso? —preguntó Toto.

Paula, contrariada, sabía de qué se trataba: el adolescente ayudante de pescador, había tomado la determinación de declararle su amor.

—¡Ay, amigo! Es que tengo un admirador —con cara de aproblemada se asomó otra vez a la ventana y el chico le devolvió la mirada. Ella respondió con una sonrisa nerviosa. En tanto Toto la observaba divertido.

—*«Nudien» te amará... solo porque yo... Te amo con la fuerza de... de...* —los amigos lo miraron preocupados porque Perucho había olvidado la letra de la canción y ellos intentaban hacer algún tipo de sonido con sus instrumentos—... *Con la fuerza de los mares. Yo, te amo con el hombre invisible... Yo, te amo tanto. Yo, te amo tanto yooo...*

Ella lo miró con algo de pena, pero a su vez, se

sentía complacida.

En ese mismo momento, desde su habitación, Mateo también se había asomado a escuchar al joven mugir en lugar de cantar... Ya lo había visto merodeando por el hotel, pensó que se trataba del muchacho de los mandados, pero ahora se enteraba de que Paula tenía un enamorado.

Berta, que estaba en el comedor, salió apoyada en su bastón para tratar de terminar con el bullicio, pero Paula ya había llegado a la recepción junto a Toto, realizando una señal con la mano para que no lo interrumpiera. Ella abrió la puerta principal y se acercó al joven que cantaba, dejando atrás a su amigo quien aprovechó el momento para salir por la puerta de servicio. Estaba retrasado con algunos deberes, así que no podía quedarse más tiempo, ya luego le preguntaría a Paula en qué había quedado todo.

—Esta canción ha sido *pa'usté*, mi amada Paula.

—Gracias Pedro, pero debes usar tu talento en una jovencita de tu edad —retribuyó ella con dulzura.

El muchacho sonrió apenado y sus amigos lo miraron con tristeza.

—*Madame* Paula, en dos años seré mayor de edad.

—En tres —corrigió el chico del bombo y Pedro lo fusiló con la mirada.

—Y ahí podría casarme con *usté*. No me importa que sea diez años mayor —continuó hablando el joven cantante.

—Son varios más que diez... —le corrigió con dulzura—. Pedro, eres un excelente niño ya encontrarás a una jovencita de tu edad, no te adelantes.

—Yo la quiero a *usté*, *madame* Paula.

—Me halagas, Perucho —añadió ella con una afable sonrisa—. Y ahora regresen a sus casas que está haciendo mucho frío —el joven la miró algo avergonzado, pero se sintió satisfecho al notar que Paula le había tocado el hombro. Hizo una especie de reverencia de despedida y, junto a sus amigos, emprendió el regreso colina abajo en dirección al pueblo. Ella ingresó nuevamente al hotel, pero al girar vio que alguien la estaba esperando:

—¡Vaya, Paulita! Despiertas pasiones suburbanas en adolescentes —Paula no logró comprender lo dicho por Mateo, quien estaba de brazos cruzados al pie de la escalera.

Capítulo 9

DESPEJADO Y FRÍO

—¿Pasiones sub... qué? —preguntó Paula sin entender.

—¡Ja, ja, ja! «Suburbanas», una forma elegante de decir que el niño está caliente contigo.

—¡Pero qué ordinario eres, Mateo Vicuña! —gruñó Paula negando con la cabeza y cruzándose de brazos. Le sorprendía la confianza con que la estaba tratando, él no era así con ella, es más, recordaba que en los últimos días había sido bastante formal. Aunque quizá esta nueva faceta le agradara más...

—Te digo que el muchacho se ve bien interesado en ti. ¡Ja, ja, ja! *Como yo te amo...* —lo último cantó en un tono idiota y poniendo cara estúpida. Paula sonrió. Mateo se acercó a la ventana y vio cómo un derrotado Perucho se alejaba junto a su magistral orquesta—. Había visto a ese mocoso merodeando por aquí, ahora entiendo en qué andaba, de seguro venía a vigilar a su amada…

Paula no le diría nada, intuía que estaba bromeando. Era imposible que Mateo estuviese pegado en la ventana contando las veces que Perucho visitaba el hotel. Sonrió e intentó retomar sus quehaceres, pues sospechaba que Toto ya se habría ido, pero Mateo parecía que quería seguir con el tema.

—¿No te habías dado cuenta antes?

—¿De qué?

—De ese cabrito… se ve muy interesado en ti.

—Es un niño, solo tiene solo quince años —refirió ella como no dándole importancia.

—Y en tres será mayor edad, ya oíste al de la orquesta. Es bastante crecidito en todo caso… alto, algo mugroso… y de seguro en las noches se queda dormido pensando en ti, mientras busca el «pelito de oro»… —agregó mirando a Paula y realizando un insinuante movimiento de cejas.

—¿«El pelito de oro»? ¿Qué es eso? —ella lo miró sin comprender en tanto él sonrió maliciosamente. Paula pensó un par de segundos y luego supo a qué se refería… Según Mateo, el chico se autocomplacía eróticamente pensando en ella—. ¡Ay, no! —expresó cohibida llevándose una mano a la boca.

Mateo rió por lo ingenua que era, le costó un mundo entender lo que él había dicho.

—¿Ya ves, Paula?, eres el objeto sexual de un adolescente. Yo que tú, cerraría la ventana en la noche, no será lejano el día en que el escamoso tome una escalera, trepe hasta allí y te visite.

—No, él no haría eso. ¡Y no le digas así!

—Es un chiquillo sucio y descuidado.

—Es un pescador.

—Pero sueña contigo y te ve sin ropa.

—Mateo, por… por favor —respondió titubeante, casi nerviosa y algo cohibida por la poca vergüenza de Mateo en hablar de esa forma—, para él es solo un juego, no lo malinterpretes.

—Ya estás advertida. De todas maneras cierra la ventana de tu cuarto. Los enamorados son como gatos, trepan por donde sea… Y, ¡ojo!, que él tiene mucha más fuerza que tú —dicho esto, se dirigió a la escalera, pero antes se volvió a mirarla—. Mañana nos casamos —anunció.

—¿Qué? —preguntó desconcertada. Eso no lo tenía proyectado. Esperaba que la boda se llevara a cabo dentro de unos cuantos días más o una semana, pero no así tan de repente.

—¿Ray no te informó nada?

—¡No!

—Benjamín ya lo tiene todo organizado, en estos momentos se encuentra dando una conferencia de prensa en la casona. El hotel hizo la banquetería, ¿eso no lo sabías tampoco?

—Él solo pidió algunos bocadillos, pensé que eran para los trabajadores, no le solicité mayor información.

—Eran para la recepción. Creo que los detalles los vio directamente con Berta —indicó Mateo.

Paula sabía que su ayudante se encargaba de esas cosas, autoridad que ella misma le había otorgado. No la culpaba de no haberle participado lo que ocurría, además en medio de tanto barullo, era un tema de menor importancia.

—Sin embargo, lo de la ceremonia de mañana, me lo debieron haber informado antes.

—Lo sé y me disculpo.

—Está bien. Más tarde hablaré con Benjamín.

—Pero no te preocupes, todo saldrá bien. Ya queda poco... pronto nos iremos y te dejaremos tranquila —Mateo suponía que ya le había causado demasiada molestia a Paula y que ella no se merecía pasar por tanta presión, solo por hacerles un favor. Pero una pesadez le había aparecido en el pecho al momento de decir que se marcharía, si hasta sentía que le temblaba la barbilla...

Al escucharlo pronunciar esas palabras, ella quiso responder que no le importunaba la situación, que al final de cuentas se divertía, no obstante, lo dicho por él, la traían de regreso a la Tierra. No se trataba de un matrimonio real y él definitivamente se casaría con su novia, cosa que a ella no debía, desde ningún punto de vista, importarle.

—No es eso. Es solo que ustedes actúan de una forma que me cuesta entender. Lamento que en ocasiones tienda a ser más organizada y querer supervisarlo todo... recuerden que sus decisiones me afectan directamente y resulta que soy la última en enterarse.

—Te entiendo y no volverá a ocurrir —Paula asintió—. Además te quería pedir un favor... como un asunto entre nosotros —ella lo miró con atención—, necesito que todos los gastos que incurramos de aquí en adelante, los factures a mi nombre. Benjamín ha gastado demasiado.

—Él ya pagó todo —reconoció ella.

Mateo creyó en algún momento que su amigo así lo haría, pero guardaba la esperanza que no. Pensó unos instantes, analizando la situación, pues tenía que ver la forma de evitar que Benjamín siguiera despilfarrando dinero. Está bien, era el padrino y quería lucirse, pero ya era demasiado.

—¿Lo de la casona también? —finalmente preguntó, luego unos segundos.

—Sí, incluyendo la restauración. Todo lo canceló por adelantado y también mi trabajo como «novia de mentira».

—Entonces hablaré con él, debo devolverle su dinero. No es justo que se haga cargo de todo... y gracias Paula, lo que haces de verdad es de gran ayuda para nosotros —dicho esto, no esperó mayor respuesta por parte de ella y subió los escalones para dirigirse a su cuarto.

Ella también quiso ir al suyo, pero Victoria venía bajando con un traje blanco dentro de un envoltorio transparente, se trataba del vestido de novia, el cual había recibido durante horas de la tarde a través de una encomienda especial. Logró ver que era un traje precioso, con escote de hombro a hombro, de encajes y suave tul. Se notaba que la suegra tenía un exquisito gusto en vestuario. Si fuera una boda de verdad, de seguro saltaría de emoción, pero no lo era. Aun así, sintió que su pulso se aceleró de la impresión y el nerviosismo. Mateo no era su novio, es más, se iba a casar con otra… o «cazar» como solía decir Victoria, pero debía reconocerlo, él sería un novio perfecto. Tragó en seco y fingió una sonrisa al notar que Victoria la miraba con agrado acercando a ella el hermoso vestido blanco.

En las afueras de la casona renovada se había citado a la prensa para realizar el comunicado oficial por parte de la famosa actriz y su novio, el empresario de la fruta, Mateo Vicuña Matte. Todo se veía perfecto, cual cuento de hadas: césped recién instalado que reemplazó a la hojarasca y el pasto seco que circundaba la construcción; el puente había sido pintado en barniz natural con un balaustre sobrio y pequeño, en madera rústica; el moho que cubría los muros fue removido, pintándose de color gris; también pusieron verdes y frondosas hiedras que caían desde las ventanas; los vitrales en altura relucían intactos, sin vidrios quebrados e impolutos. Era el escenario perfecto para llevar a cabo una boda de fantasía.

El improvisado representante de Ray, Benjamín Salas, estaba listo y dispuesto para iniciar así la trampa a los molestos reporteros que ya habían llegado. Sin embargo, con cautela miraba atento a cada persona por si andaba por ahí el tipo ese del que su amiga huía. Berta había dicho que era posible que estuviese escondido en alguna de las casitas de emergencia cercanas al bosque o en el altozano en donde el clima siempre era más impredecible.

También se instaló una carpa de grandes dimensiones para resguardar a los visitantes del frío, unas gigantescas estufas que echaban aire caliente y un sobrio escenario con un pódium en donde Benjamín, en su rol de representante de la «Familia Real» como les decía Ña Berta, haría uso de la palabra.

Como era de suponer, al solo llamado de Salas, los periodistas y reporteros de espectáculos no se hicieron esperar y el lugar se vio atiborrado de gente. El hotel de Paula tuvo que dar un comunicado diciendo que estaba copado y que no podía recibir a más gente. Incluso la posada del pueblo instaló carpas y uno que otro *container* había sido acondicionado para albergar a los forasteros.

Mientras el futuro padrino daba su discurso, utilizando toda su grandilocuencia e hiperverbosidad, entregando detalles de la boda del año y del programa planificado para ese día, una viejecita encorvada con un pañuelo en la cabeza y un bastón, se desplazaba en medio de la gente, comiendo lo que pudiera de las bandejas con *petit buchés* que Berta, Katina y Miriam prepararon con mucho esmero para la ocasión.

—Ese es un buen maquillaje, ¿no, Ray?

Un hombre con aspecto desfachatado, de barba

descuidada, sombrero viejo y un sobretodo ancho, era quien le hablaba con fingido acento italiano. La viejecita lo miró con ganas de asesinarlo, mientras se tragaba rápidamente el canapé que hacía solo un segundo se había metido en la boca.

—¡Desgraciado! —espetó Rayén casi en un murmullo, no quería ser descubierta por el resto de los presentes.

Estefany sonrió. Conocía tan bien a Rayén que sabía de sus tretas de camuflaje. Ya lo había hecho antes en la *avant premier* de una de sus películas cuando se infiltró entre los invitados, vestida como empleada del servicio de alimentación, con tal de escuchar las críticas de primera fuente.

—El zorro pierde el pelo, pero nunca las mañas… en este caso, la zorra.

—¡Alimaña! Si pudiera aquí mismo te… —se contuvo las ganas de darle una buena bofetada. Ese hombre tenía del don de sacarla siempre de sus casillas.

—Yo sé qué te gustaría hacerme aquí mismo… —bisbiseó Esteban con cinismo, guiñando un ojo.

Rayén respiró profundo y, tratando de controlarse, comenzó a caminar alejándose del gentío, pensando en que había dejado atrás a Estefany. Pero él, la había seguido, le tomó un brazo e hizo que girara y lo mirara de frente.

—Te has empeñado en esquivarme… ¡Y quítate esa ridícula máscara de vieja bruja!

—No es máscara, animal. Es maquillaje. Y no te esquivo, simplemente tú y yo no tenemos nada de qué hablar.

—Pues yo diría que sí. Antes me buscabas... O, ¿ya lo olvidaste?

—Bien dices, «antes». Eso fue hace años. Estoy de novia con Mateo, imagino que ya te habrás dado cuenta de eso ¿no? Además, mañana me caso.

—A estas alturas ya no te creo. Te has intentado casar desde hace tiempo y siempre eres tú la que termina cancelándolo todo, ¿qué? ¿Estás enamorada de él o todavía yo te sigo gustando?

—¡No *digai hueás*!

—Te casas porque temes que le diga a tu noviecito que, estando con él, también te metías conmigo.

—¡Eres un monstruo deshonesto!

—¡Ja! Dirás que en la cama soy un monstruo... Imagino que eso no lo olvidas... y por lo de «deshonesto»... Mmm... sí, reconozco que soy levemente deshonesto, pero solo por mi trabajo.

—Déjame. Te pido, por lo que más quieras, que te apartes de mí.

—Mira, Ray: tú y yo estábamos muy bien, no entiendo por qué ahora te empeñas en casarte, ¡si no lo amas!

Rayén analizó unos instantes, sabía que ese momento llegaría, debía decírselo, no podía seguir ocultándolo.

—¿En serio que no sabes por qué me alejé de ti? —Esteban se encogió de hombros y esperó curioso lo que ella tenía que decir—: Mírate… ¿quién eres tú? ¡Un reportero insulso que ni para comprarse un traje decente le alcanza! ¿Crees que yo podría estar contigo? ¿Lucirte ante mis amistades? ¿A ti? ¿A un muerto de hambre?

Esteban la miró incrédulo, aunque sonriente. Sabía que el alejamiento de ella tenía relación con su apariencia personal, pero le costaba creerlo considerando lo bien que lo habían pasado juntos. Aun así, no podía esperar más de una mujer tan superficial como ella, pero no se daría por vencido.

—¿Y qué? Eso no te preocupó cuando te llevé a mi departamento y terminaste metida en mi cama.

—Desearía olvidarlo, ¡eres un mugroso!

—Un mugroso que te gusta y que te hace sentir como nadie.

—¡Basta! Aléjate de mí.

—Ahora te quieres apartar, pero recuerdo muy bien las noches en que llegabas a verme deseosa que…

—¡Por favor, Esteban! Eso ya pasó. Me casaré y lo haré por las buenas, con un gran hombre.

—Y sin amarlo.

—Eso no te importa, cerebro podrido. Yo sé qué lo hago.

—Ya veremos.

Capítulo 10

NUBES DISPERSAS

Miraba por la ventana de su habitación hacia el atracadero. Afuera hacía frío y a pesar de que su habitación era cálida, un estremecimiento la envolvió. Debía ser la ansiedad y el nerviosismo por todo lo que estaba viviendo. Se abrazó a sí misma unos segundos, luego bebió otro sorbo de un humeante té de manzanilla que Berta con cariño le había preparado, para volver a fijar su mirada en algunas luces del pueblo las que se perdían en la inmensidad, cuando un blanco e imponente destello se adueñó de la oscuridad. El amigable faro parpadeó su luminiscencia para entregar el necesario aviso costero a las embarcaciones que se acercaban al muelle. Todo aquello le daba el panorama perfecto que amaba de ese lugar. Si lo pensaba bien, tal vez Hellington sería un lindo sitio para pasar la luna de miel... era frío y eso invitaba a los enamorados a dormir acurrucados, caminar por la playa tomados de la mano o abrazados, beber una copa de vino navegado[27] al calor de una fogata, hacer excursión por los serpenteantes senderos de las colinas… además era el convite preciso para quienes gustasen del turismo aventura o para los románticos empedernidos…

Y su hotel, un lugar de encanto para los que quisieran estar apartados del mundo, deleitarse de la naturaleza y de la tranquilidad de unos días junto a su ser amado. Un perfecto escenario para cualquiera… no para Mateo, ni para Rayén. En su caso, ni siquiera debería pensarlo. El matrimonio definitivamente no tenía cabida en su vida, tenía otras expectativas y lo que estaba a punto de hacer, era solo trabajo.

Dio otro sorbo a su bebida caliente, miró nuevamente hacia la inmensidad del mar y luego a los alrededores del hotel en donde pudo ver algunas lucecillas no muy lejanas, debían ser reporteros acampando. Lamentaba no poder hospedarlos, pero negocios eran negocios. Al final de cuentas, ellos también estaban trabajando… Todo fuera por completar sus planes. Cuando eso terminara, podría contratar una editora, un buen cartógrafo para que la ayudara con la parte geográfica de la guía turística y lo mejor de todo,

---

[27] **El vino navegado** *(navega'o) o candola es una bebida alcohólica, popular en el sur de Chile, que se prepara a partir de una mezcla de vino tinto, rodajas de naranja, azúcar y especias. Se le llama «navegado» por la analogía entre el vino con trozos flotantes de naranja y el mar cuando es atravesado por una embarcación. Se sirve tibio.*

tener lo suficiente como para recuperar la estrella perdida en la última visita de la honorable Junta de Hoteles.

—¡Ja! ¡Maldita estrella! Realmente creo que suena bien «El Hotel Cero Estrellas de Los Vientos». Tal vez ni siquiera pelearé por una de esas cosas brillantes. Mi hotel es único y será mejor dejarlo así.

Una exhalación salida de lo más profundo de su ser, hizo que dejara a un lado la taza y también sus pensamientos, para correr la cortina. Tenía que levantarse temprano y una inusual punzada en el estómago sintió al mirar el perchero en donde yacía el hermoso vestido de novia. Tal vez el verse metida en esa prenda le daría buena suerte…

Bien, era hora de acostarse, pero antes de quitarse la bata para meterse en la cama, una voz resonó en su cabeza: *Cierra la ventana, los enamorados son como gatos, trepan por donde sea.*

Sonrió, aunque fuera descabellado lo dicho por Mateo, miró la ventana y le puso seguro. Total, nada perdía con hacerlo y eso no significaba, de ningún modo, que le estaba obedeciendo.

—Está bien, solo un poquito…

El día había amanecido claro, con muy pocas nubes. Victoria abrió la ventana y dejó inundar sus pulmones de aire limpio porque la habitación olía a coliflores cocidas... Odiaba cuando Vicente comía antes de acostarse y justo la noche anterior, para su mala suerte, había pedido ensalada de porotos... Se había pedorreado toda la noche. De seguro ella estaba ojerosa y demacrada por haber inhalado tanto dióxido de carbono, metano y quién sabe qué más... con suerte estaba viva, otra habría muerto por asfixia.

Por lo menos, ya todo finalizaría... Mateo se casaría y tal vez ella podría disfrutar unos días más de descanso. Realmente sentía algo de tristeza, sin querer había generado un vínculo con ese extraordinario lugar, con el hotel, con Paula... aquella muchacha era agradable, podía conversar con ella y sentir que hablaba con el corazón, que era veraz, que no estaba contaminada con temas frívolos como moda o televisión, como solía hacerlo Rayén. Solo esperaba que su hijo eligiera bien. Estaba a un paso de casarse y se mantenía firme en su decisión.

Y, hablando de eso, debía ir al pueblo, los actores que Rayén había contratado arribarían temprano y les debía indicar el lugar en donde se encontraba la casona, además también llegaría el sacerdote que Berta había contactado para el matrimonio verdadero porque el párroco del pueblo se hallaba de viaje.

Así que se apresuró en tomar una ducha rápida para salir pronto, poder recibirlos y dar las instrucciones correspondientes.

—Y con este poquito por aquí, te verás mucho mejor —dijo Rayén introduciendo una bola de algodón en el pecho de Paula que moría de rabia pues ya bastante la había maquillado y meneado para que ahora le metiera las manos en sus senos.

—¡Yo lo hago! —Paula le quitó la mota de algodón y la acomodó en donde correspondía.

Mateo la miró interesado, pero con disimulo y con muchas ganas de reír.

Ambas se hallaban vestidas de novias: los trajes eran bastante similares, la excepción era que el de Paula tenía brazos descubiertos y el de Rayén, mangas largas de encaje, cubriendo un tatuaje en forma de nave espacial que tenía la actriz.

—Es la «Battlestar Galáctica» —explicó mirando a Paula al notar la cara de intriga de ella—. Espero tener un cameo para la película o algún papel en la serie de televisión, porque dicen que producirán una nueva temporada, eso sería un sueño para mí.

—No sería extraño que te vieran con un tatuaje así, eres toda una celebridad, pero no con esto… —reveló Paula mostrándoles la marca que tenía en su brazo izquierdo. Se trataba de una cicatriz delgada, pero bastante notoria—. Recuerda que para todos seré «Rayén»… y ella no tiene una fea cicatriz como esta.

Victoria se puso de pie y buscó en la caja en donde

estaba el ajuar de la actriz y sacó unos guantes largos.

—Tú no los necesitarás, querida Ray. Úsalos tú, Paulita —agregó entregándoselos—. ¿Has pensado en una cirugía? —preguntó.

—No, para nada —reconoció.

—Yo conozco a un médico que hace trabajo magistrales —aseveró la actriz tomándose ambos pechos. Paula los miró y vio que lucían bastante naturales, pero no era algo que ella quisiera.

—Sí, podría ser... —indicó solo para no sonar descortés porque eso no era algo que alguna vez hubiese analizado.

—No creo que necesites ese tipo de cirugías —comentó Mateo y Paula le hizo un gesto de enfado con el ceño fruncido—. No he dicho nada... nada... Este... Recuerdo aquello... fue para una marcha, ¿no? —se apuró en hablar intentando borrar el comentario que a Paula no había parecido bien y que, por suerte, Rayén no advirtió.

—¡Sí! Y yo, por andar arrancando del guanaco[28] de los pacos[29], tropecé con los fierros de un banco de la plaza y me caí a un hoyo como de un metro, lleno de escombros.

—Eso debió doler —supuso Victoria.

---

[28] **Guanaco**: *se refiere al camión hidrante o carro lanza agua de Carabineros de Chile el cual es utilizado para restablecer el orden público.*

[29] **Paco**: *en Chile es una forma peyorativa de llamar a los Carabineros.*

—¡Sí que dolió!, pero creo que lo que más me dolió fueron chancletazos que mi mamá me dio aquella vez... Incluso mi papá amenazó con sacarme de la escuela y mandarme bien lejos... Creo que fue un presagio, por algo vine a parar aquí. Sin embargo, esta marca me recuerda lo bien que lo pasé en el liceo.

Mateo sonrió. Él también guardaba gratos recuerdos de aquellos años.

—Organizaban buenas fiestas los curas —recordó haciendo alusión a su colegio que era administrado por una congregación religiosa.

—No eran los curas, eran los mismos profes —agregó Paula.

—¿Te acuerdas de aquella vez...?

—Creo que es demasiada nostalgia, ¿no? Mejor centrémonos en lo que realmente importa —indicó Rayén, a quien no había gustado la familiaridad con que Mateo hablaba a Paula. Esos recuerdos en común no le resultaban agradables.

—Y antes que me olvide —agregó Victoria, aprovechando el momento para cortar algún atisbo de tensión y señalar una caja de terciopelo que estaba a un costado de la habitación. Se acercó a ella, de donde sacó dos hermosas coronas brillantes—. Con esto se verán como todas unas princesas.

Rayén recibió la de ella y la miró como si se tratara de una baratija, en cambio Paula la tomó feliz y de inmediato se aceró al espejo para acomodársela sobre el velo, luego la cubrió con este mismo para dejar su rostro libre.

—Gracias, hermoso detalle —indicó Paula y Victoria asintió satisfecha—. Sin embargo, tengo una duda... —todos la miraron interesados—. En algún momento me tendré que sacar el velo... cuando nos hayan «casado» y ahí... no sé... ¿qué haremos? —preguntó, posando su mirada en Mateo.

—Debes estar tranquila. Eso no ocurrirá —fue Rayén quien respondió—. Mateo y tu saldrán por una puerta lateral de la casona, diciendo que quieren mayor privacidad... así nadie podrá ver tu rostro.

—Ah, está bien. Por un momento creí que... —mejor se callaba, pensó Paula, porque al parecer nadie había pensado en detalles como el beso y las argollas. En fin, si eso había sido dejado de lado, tanto mejor.

—Disfruta este momento con tu novia, hijo —bromeó Victoria mirando sonriente a Paula quien se sorprendió, frunciendo el entrecejo—. Bueno... y ahora voy por Vicente para irnos a la iglesia. Tus padres te esperan —agregó dirigiéndose a Rayén y ésta dio un suspiro de resignación, al parecer no estaba feliz del todo, porque desde que ellos al fin habían logrado arribar a Los Vientos, lo único que hacían era quejarse. Rayén esperaba que apenas todo terminara, tomaran el ferri y regresaran rápidamente al continente y de ahí, ojalá a China, mientras más lejos, mejor.

Mateo se arregló el cabello, luego acomodó la corbata y, mostrándose despreocupado, miró con disimulo a Paula, ¿realmente era ella? ¡Se veía bellísima! Rayén también, pero Paula de verdad que estaba encantadora.

—Creo que es hora —comunicó Victoria abriendo la puerta para invitarlos a salir.

—Yo iré por la puerta trasera y tomaré la «van» junto a mis padres. Los esperaré en la iglesia del pueblo. Allí estarán los invitados personales que llegaron esta mañana en el transbordador —informó Rayén y luego se volvió hacia la novia falsa—. Pauli, ¿estás lista?

—Siempre lista —respondió—. Además no es gran cosa…

—¿No es gran cosa? ¡Hija, te casas! —profirió Victoria haciéndose la ofendida con una mano en el pecho. Paula lanzó una carcajada, momento en que su «suegra» y Rayén abandonaron el cuarto.

Mateo dio un respiro y miró la ventana reparando en que estaba cerrada. No sabía si ella la mantenía siempre así o lo había hecho conforme a su sugerencia. De todas formas se sintió satisfecho.

—Me hiciste caso.

—¿En qué? —preguntó Paula distraída. Mateo apuntó el cerrojo. Ella sonrió, pero no iba a reconocer que la vocecita de él había retumbado en su cabeza—. Hacía frío anoche… ¡Oye, con esto no veo ni una *hueá*! —protestó luego de haberse probado el velo.

Mateo rió sonoramente al ver a Paula con el velo que parecía una verdadera burka blanca.

—La idea es que no te reconozcan —Paula se descubrió el rostro y vio a Mateo a solo unos centímetros de ella—. Además, no estarás sola. Benjamín, te llevará del brazo. Yo me iré unos minutos antes para esperarte allá.

Paula sintió un poco de nerviosísimo al percibir el suave aroma del perfume masculino, delicado y embriagador, que Mateo usaba. Además su cabello castaño claro y suaves risos, adornaban una piel blanca algo tostada, que lo hacían ver en extremo seductor. Y esos ojos verdes… ¿eran de ese color? Siempre creyó que eran de un tono claro de marrón. Debía calmarse o él notaría que su cercanía la estaba incomodando y eso no figuraba en sus planes.

Mateo le regaló una ligera sonrisa para calmarla pues intuía que se sentía intranquila y puso sus manos en los hombros de ella. Al hacer ese sutil contacto con su piel, sintió una especie de pequeña descarga eléctrica, no estática como esas que hacen brincar. No, se trataba de algo interno… íntimo, que provocó que ambos terminaran mirándose a los ojos por unos largos segundos.

—Todo saldrá bien. Al final del día, volverás a tu vida normal —la intentó calmar y, al hacerlo, advirtió que las palabras no eran dulces. Paula lo miró y trató de sonreír, pero también había sentido ese sabor.

—Sí, claro.

Capítulo 11

EL DÍA COMIENZA A NUBLARSE

—Se supone que el novio no ve a la novia sino hasta la iglesia —comentó Paula a Benjamín que iba a su lado rumbo a la casona. Estaba incómoda y ataviada con el traje. Sentía el velo como si se tratara de una especie de pesado saco que le apretaba la cabeza. Verdaderamente no le gustaba, pero sabía que era hora de cubrir su rostro y revelar la delicada tiara que Victoria le había entregado como último detalle del atuendo nupcial.

—Tú y yo no somos los novios —respondió Benjamín tranquilo mirando hacia adelante mientras conducía el vehículo.

—No hablo de nosotros. Me refiero a Mateo y Rayén. Se han visto durante toda la mañana justo el día de su boda. Eso da mala suerte.

—¡Ja! ¿Más de la que ya han tenido?, no creo —agregó tranquilo.

—Ellos debieron haberse casado en el más absoluto hermetismo.

—Rayén es estrella… ya sabes, le gusta esto —reconoció encogiéndose de hombros.

Paula dio un bufido y se acomodó el velo grueso. Benjamín hizo una mueca ya que, efectivamente, ese accesorio era horrible.

—Con esto no veo nada.

—No te preocupes, yo te guiaré.

—Cuando se enteren mis padres, creerán que estoy loca…

—¡Ja, ja, ja! ¡Ay, Paulita! Aquí todos estamos locos… tal vez sea la isla. Aunque según Mateo, este lugar es especial solo porque tú estás aquí.

—¿Sí? ¿Eso dijo? —preguntó y luego carraspeó, tratando de no darle importancia, pero una extraña y poco usual emoción la había embargado—. Por lo menos hoy ha estado calmado y despejado. Espero que se mantenga así —no quería mostrarse muy interesada en lo que Mateo dijera de ella a otras personas, porque ese no era el punto y, al final de cuentas, no le concernía.

—Eso me sorprende, aunque no confío mucho. En el horizonte se ve que vienen apareciendo algunas nubes, capaz que más tarde se largue a llover… —agregó—. Bien, ya llegamos. No te digo que mires porque…

—Ja-ja —rió molesta—. Preocúpate de que esta novia no tropiece o se caiga, porque de ser así, me saco ahí mismo la burka y me voy a la mierda… y ustedes, conmigo.

—¡Está bien, está bien! No te sulfures.

Benjamín bajó del jeep con elegancia y parsimonia, luego abrió la portezuela para que la novia descendiera. Paula sintió que era invadida por una turba, sabía que algunos micrófonos se le acercaban, oía el sonido de las cámaras tomando fotografías, pero ella solo se dejaba llevar por el brazo que la guiaba. Sentía que sus piernas temblaban, eso no debía estar ocurriendo, porque no era su boda, ni Mateo su futuro marido. Además no veía nada, intentó mirar al piso, pero como mucho solo logró advertir la punta de los zapatos, que ya la estaban matando. Odiaba los tacones y esos elegidos por Rayén, tipo princesa, le estaban moliendo los dedos.

—Calma. Tú solo sonríe…

—¿Me *estai hueviando*?

Un par de guardias contratados por Benjamín apartaron a los periodistas mientras la pareja caminaba por la alfombra. Cualquiera que viera todo el escenario armado y el poco usual velo de la novia, diría que algo andaba mal, ya que los periodistas allí apostados, lo único que querían era ver su rostro, pese a que era lo que menos podían apreciar.

Benjamín sonrió algo tenso, mientras caminaba lo más erguido posible tratando de guiar a Paula sin que esta tropezara. Solo esperaba que la idea diera resultado…

Subieron los escalones y luego cruzaron el pequeño puente de tablones adornados de maceteros con diversas flores blancas, hasta llegar al portón que los esperaba abierto de par en par.

Tan solo diez periodistas estaban autorizados a ingresar y debían ubicarse en los costados o en el fondo del salón, pues los asientos delanteros se hallaban reservados para familiares, quienes en realidad eran parte del elenco de actores contratados por Rayén a la academia de actuación de Santiago.

Paula sintió que Benjamín le dio un pequeño apretón en la mano, tratando de calmarla y, extrañamente, lo había logrado. Dio un fuerte respiro al escuchar la marcha nupcial, con lo cual ambos comenzaron a caminar al compás de la música.

Sabía que todos la miraban, que los comentarios iban hacia ella: si el vestido era bello, que quién lo había diseñado… que si la burka (o el velo)… que si la corona… en fin, solo unos pasos más y estaría frente al altar.

Pensó que caería cuando se pisó el vestido al subir un escalón, pero allí se encontraba alguien cercano que la ayudó.

—No pasará nada, ya estás conmigo.

Era Mateo que le había tomado la mano y ella se sintió aliviada—. *Tonta, esto no es real.*

—Amigos y amigas, hoy nos hemos reunido… —comenzó a hablar el actor contratado por Rayén para llevar a cabo la ceremonia, con toda la naturalidad del mundo.

Paula esperaba que fuera corto y conciso pues los zapatos la estaban torturando, ¿en dónde habían dejado los asientos para ellos? ¿Tendrían que estar de pie todo el rato? ¡Eso no lo tenía planeado!

—Dada la ley de nuestra nación, los novios aquí presentes, vienen a exponer su verdadero deseo de contraer nupcias frente a toda la comunidad de Hellington, conocida como la Isla de Los Mil Vientos o simplemente, Los Vientos.

Mateo miró a Benjamín quien se balanceaba sobre sus pies y distraídamente se contemplaba una uña. Un poco más apartadas se encontraban algunas personas que jamás había visto, de seguro eran los actores y uno que otro reportero captando algunas imágenes, pero también se hallaba el desaliñado de Estefany, aunque algo no cuadraba. No estaba tomando fotografías, ni filmando. Es más, tenía los brazos cruzados como auscultando la situación, analizando cada detalle y podría asegurar que estaba hasta aburrido, tal vez algo tramaba. Debía estar atento.

—¿Acepta usted señor Mateo Gerardo Vicuña Matte, a la señora Raimunda Yesenia Neumann Ossandón...

—¿Raimunda? ¿En serio? —murmuró Paula sorprendida, pero un sutil *Shhh* escuchó por parte de Mateo.

—...como su legítima esposa —continuó hablando el hombre que no advirtió el murmullo de los contrayentes—, para amarla y respetarla hasta que la muerte los separe?

Mateo parpadeó y miró al Oficial Civil, sintiendo una especie de rara pulsación, como si fuese real. En ninguna de sus tentativas anteriores había llegado hasta ese punto. Era increíble que jamás haya imaginado qué emoción experimentaría y ahora estaba realmente nervioso…

—*Pero esto no es real y eso es lo importante, ¿no? Es decir, no me debería poner así, porque esta es la «boda de mentira»*—. Sí, acepto —respondió finalmente.

—Y usted, Señorita Neumann, ¿acepta a Mateo Vicuña Matte como su legítimo esposo para amarlo y respetarlo hasta que la muerte los separe?

—Sí, acepto —contestó Paula. Su voz se escuchó algo ronca a tal punto que creyó que no era la de ella.

—Y bien señores, dando cumplimiento a lo que nuestra legislación mandata, los contrayentes, por favor, pasen a firmar la respectiva acta matrimonial.

Mateo dio un par de pasos hacia la mesa, pero recordó que Paula no veía nada, así que la ayudó. Él tomó el bolígrafo y firmó al pie de la página. Al hacerlo, algunos aplausos se escucharon, levantó la mirada y sonrió, luego dio el lápiz a Paula.

—Ten, debes firmar —indicó tomando su mano y poniendo el lapicero entre sus dedos.

—No veo nada —susurró ella.

—Levanta un poco el velo para que veas el acta —sugirió Mateo al oído. Paula lo hizo y firmó.

El hombre tomó el libro y lo cerró en forma

rápida, apartándolo de inmediato de la pareja.

—¡Espere un poco! Ahí decía… ¿Paula Díaz? —preguntó preocupada. Ella firmó, pero cuando ya lo había hecho, reparó que en el pie de la página estaba su nombre, no el de Rayén.

—No, eso imposible —cuestionó Mateo intentando acercarse al Oficial Civil.

—Y por el poder conferido, los declaro marido y mujer. Y… hasta nunca —agregó y salió casi corriendo por una de las puertas. Benjamín lo siguió, pero el hombre fue más veloz.

Paula descubrió su rostro mirando a Mateo desconcertada. Ya no le importaba que todos se enteraran de que ella no era Rayén y tal vez a Mateo tampoco, porque se acercó y tomó sus manos, sin preocuparse por los periodistas que se les venían encima…

—Tranquila, debe ser un error —Mateo no supo qué más decir porque tampoco entendía nada.

—¡Ey! ¡Ella no es Ray Neumann! —se escuchó la voz de una mujer que gritó a un costado, momento en que las cámaras fotográficas, micrófonos y celulares no tardaron en aparecer y acercarse a ellos.

Benjamín, en un movimiento rápido, agarró a ambos de los brazos y los ayudó a escabullirse por la misma puerta lateral por donde había escapado el supuesto ministro que los había casado y, al parecer, legalmente…

Capítulo 12

CUBIERTO CON CHUBASCOS AISLADOS

—Muy buenas tardes fieles amigos del programa más visto de la televisión chilena: «No te duermas ni te escondas». Hoy estaremos con las más recientes noticias de la farándula criolla. Sí, queridos y devotos seguidores, aquí detrás de mí, en esta hermosa casona, se ha producido un hecho sin precedentes en el mundo del espectáculo de nuestro país: la querida actriz de cine y televisión, Ray Neumann, hoy contraía matrimonio con el amor de su vida, el muy apetecido empresario de la fruta, Mateo Vicuña Matte. Y digo «contraía» porque nada de eso ocurrió (tal como ha pasado en ocasiones anteriores), el matrimonio entre ellos no se llevó cabo. Aunque sí hubo una boda, por eso tanto alboroto, porque él sí se casó, ¡y lo hizo con otra! —informó Eve Robinson, la reportera de Canal Veinte que transmitía en directo, tras un gran micrófono. El cabello al aire y algo desordenado, evidenciaba lo frío del lugar en donde se encontraba y las mil peripecias que sorteó para entregar la primicia en vivo y en directo a los televidentes. En tanto su mechudo e inseparable camarógrafo, buscaba la mejor imagen para mostrar a la teleaudiencia.

Un poco alejada del resto de los periodistas y reporteros, se hallaba la pluma punzante e irreverente de Marina Celeste, profesional estrella del diario amarillista «La Última Gacetilla». Estaba sentada bajo el toldo destinado para la prensa, abrigándose con las últimas rachas de calor que emanaba la estufa a gas, mientras aprovechaba de descargar en la grabadora todo lo que a su mente llegaba y podía procesar, según los antecedentes recabados durante la jornada:

—…Con razón que la pobre novia no habló con nadie de lo que estaba ocurriendo, ya que el empresario Vicuña la tenía escondida de todo el mundo. Sí, amigos, una joven desconocida, llamada Paula Díaz, hoy se ha casado, nada más y nada menos, que con el famoso empresario Mateo Vicuña Matte, conocido por sus diversos enredos amorosos y por sus fallidos intentos matrimoniales con la célebre actriz nacional, Rayén Neumann.

Paula, la actual esposa, al sostener una charla con sus cercanos, confesó que mantuvo oculto el romance porque él no quería que nadie se interpusiera en la relación. En ese escenario y dado el tiempo que tuvo que soportar la pobre muchacha en este lugar, se vio en la obligación de darle un ultimátum a Vicuña: «Nos casamos o esto se termina».

Y hoy, en una discreta ceremonia, ese matrimonio se hizo realidad: a orillas del bosque de Hellington, una isla situada en el extremo austral de Chile, Vicuña Matte, se ha casado con una joven desconocida llamada Paula Díaz.

Aunque todo es muy sospechoso, puesto que en ninguna parte estaban sus amigos o familiares. Eso deja en clara evidencia la nula aceptación que tenían los cercanos de la novia y del novio a esta unión que, a decir verdad, es bastante poco convincente. O díganme ustedes, ¿qué piensan al ver a esta joven con un hombre de mundo como Vicuña? Suena realmente absurdo, ¿no? Incluso algunos apuntan a que podría tratarse de un truco comunicacional, porque como dato es importante señalar que la joven Paula Díaz también es empresaria, es la dueña del hotel de este lugar y por lo tanto se ha especulado sobre si tiene relación con alguna campaña publicitaria. De serlo, estaría siendo más que fructífera.

Los Vientos o Hellington como es su nombre oficial, no es específicamente un centro turístico vacacional, porque no cuenta con las comodidades que muchos de la ciudad estamos acostumbrados, está lejos de todo centro urbano y, lo peor, con graves problemas de conectividad. Sumado a todo aquello, se halla el endemoniado clima, el que constantemente impide que las barcazas zarpen... como hoy... —al pronunciar las últimas palabras, la voz de Marina se fue apagando, un color rojo se apoderó de sus mejillas y no pudo seguir hablando a la grabadora, porque acababa de darse cuenta en qué posición se encontraba ella: ¡No tenía cómo regresar a Puerto Chacabuco! ¿Encontraría una habitación disponible en el hotel ruinoso que había visto en la colina?

En las afueras, una joven recién egresada de periodismo junto a su flacucho ayudante, analizaban lo que sería un excelente artículo que pensaban publicar en el próximo número de «Maravillas Desconocidas», el cual se titularía: «Nueva La Pincoya[30] confunde y domina mente de enamorados. (No te cases ni te embarques, cuando ella esté cerca)».

—Creo que deberíamos dejar de lado este reportaje y centrarnos en otra cosa, aquí no hay nada sobrenatural y ni folclórico. Se trata solo de los enredos amorosos de un tipo con plata que le puso los cuernos a su novia —aseveró el hombre mirando hacia la bahía desde un páramo elevado que daba una excelente visión de la isla. Vestía traje color café oscuro, bastante apegado al cuerpo, incluso los pantalones le quedaban algo cortos, aunque eso se podía explicar por sus casi dos metros de altura. Se quitó el sombrero y arregló su escaso cabello, en tanto el viento lo hacía volar cual plumas al aire.

---

[30] *La Pincoya: Es una criatura imaginaria que habita en las aguas de la Isla de Chiloé, de belleza sin igual. La creencia dice que ayuda a los chilotes que naufragan o a marinos de otros lares y que acude presurosa en su auxilio. Si no logra su propósito, ayudada por sus hermanos la Sirena Chilota y el Pincoy, transporta con ternura los cuerpos hasta el Caleuche, en donde ellos revivirán como tripulantes del barco fantasma y a una nueva existencia de eterna felicidad.*

—Amigo, créeme —respondió la muchacha con un tono de voz dulce y soñador—. Estoy segura que todos los archipiélagos del sur son mágicos y que más de una sorpresa nos traerán.

—Creo que mejor resultado tendremos si nos vamos al muelle y nos sentamos a esperar a El Caleuche[31]…

—Espéralo… Y ya verás qué te ocurre —expresó ella conociendo la leyenda. Luego lo miró, dio un suspiro de resignación, guardó el celular en su bolso y cerró la libreta—. Ven, acompáñame a ver qué ha pasado allí dentro, tengo curiosidad de saber más. Por lo que escuché, no había ningún familiar de los novios. Creo que esto amerita una investigación.

—¡Y ahora resulta que eres detective! —agregó él algo serio, pero no molesto—. Será mejor que regresemos al pueblo, ¿sí? Observa cómo está el cielo, de seguro nevará en cualquier momento. En la posada redactas el artículo y luego lo enviamos al editor, a ver qué opina. Anda, no te retrases, es hora de irnos.

—Está bien.

---

[31] ***El Caleuche****: la leyenda dice que es un barco fantasma que navega y vaga por los mares de Chiloé y del sur de Chile y que está tripulado por brujos muy poderosos. En su cubierta se hacen grandes fiestas y está totalmente iluminado, lo que provoca que los navíos lo sigan. Si lo hacen, el barco se transforma en roca o se sumerge. Hay quienes osan mirarlo y el castigo consiste en dejarles la boca chueca, la cara hacia la espalda o bien, darles muerte en forma repentina. Pero cuando esta misteriosa embarcación se apodera de una persona, la traslada a las profundidades, mostrándole grandes tesoros y ofreciéndole parte de ellos con la condición de no contar lo que ha visto.*

Mateo caminaba presuroso por uno de los pasillos de la casona, llevando a Paula casi a tirones sin percatarse de que a ella los zapatos le estaban machacando los pies. Lo hacían precedidos por Benjamín quien les indicaría el lugar en dónde podrían esconderse de la prensa.

Afuera el griterío era enorme y apostarían a que unos cuantos estaban forcejando la cerradura que daba al pasillo, con tal de conseguir alguna declaración por parte de ellos.

Paula se apoyó en la pared para quitarse los zapatos, pues se había logrado liberar del agarre de Mateo, momento en que advirtió que la pared era poco sólida, más bien parecía de cartón.

—¡De utilería… de utilería! —reconoció Benjamín y Paula rodó los ojos, pero no tuvo tiempo de replicar ya que Mateo otra vez la jaló. Ella, en su mano libre, llevaba un zapato ya que el otro no se lo logró quitar, así que los últimos pasos los dio cojeando.

—¡Me vas a arrancar el brazo!

—La prensa nos va a destrozar si nos atrapan. Mejor, sigue corriendo.

Al llegar a la habitación que sería el escondite, se encontraron con un cuarto que sorprendió a Paula. Era un lugar bastante romántico, tipo tarjeta de San Valentín, con corazones rojos colgando del techo, una cama enorme con pétalos de rosas sobre el cobertor, un jacuzzi que invitaba a relajarse… y, algo más… una mesa con deliciosos pasteles, un pavo asado, ensaladas, licores y muchas frutillas con crema...

—¿Y esto? —preguntó Paula mientras se terminaba de quitar el otro zapato y Benjamín ponía seguro a la puerta—. ¡Uy! ¡Qué románticos los tórtolos!

—Esto es un capricho de Ray, quería que su primera noche de casada fuera en este lugar... —confesó Mateo, untando un dedo en la crema del pastel para probarla.

—¿Ray... Raimunda? —preguntó entre seria y burlesca en tanto se sacaba el velo para dejarlo sobre un mueble, depositando la tiara sobre él.

—No lo repitas —pidió Mateo encogiéndose de hombros, pero Benjamín largó una carcajada—. Son cosas de ella... «Rayén» es más comercial que su nombre verdadero, es todo.

Paula rió también por lo bajo, luego se sentó en la cama e inmediatamente se miró los pies, más de alguna ampolla le habían dejado de regalo esos puntiagudos zapatos de princesa que había terminado odiando. No fue muy femenino, ni delicado de su parte, porque levantó su vestido, se tomó un pie y comenzó a darle masajes, mientras que con la mirada buscaba algo que le sirviera para usarlo como parche en el talón.

—¡No me miren con esa cara! Ustedes no llevan los pies metidos en una trituradora medieval.

Mateo se compadeció y buscó en un bolso de Rayén en donde ella acostumbraba a mantener una cajita con elementos de primeros auxilios. Efectivamente allí estaba. Así que de inmediato se lo entregó a Paula, que lo recibió agradecida.

—Dime, Benjamín, ¿qué mierda fue eso «de hasta nunca»? —su amigo lo miró sin entender—. No sé si escuchaste al tipo que me casó con Paula… así se despidió, sin realizar ningún cierre o algo parecido… ¡Ni siquiera me preguntó por los anillos o si ya podía besar a la novia!

—No tenía que decirlo, al menos eso dijo Rayén —articuló Paula mientras terminaba de ponerse una venda adhesiva y Mateo la miró irritado. Él estaba dispuesto a besarla, si se lo pedían… ¿qué? ¿Ella no?

Benjamín no supo qué responder, pues en lo que menos se preocupó fue en el tema del beso o de los anillos; de eso, supuestamente, estaba a cargo Rayén. Lo grave y preocupante era que ambos habían firmado un acta y, tal vez, fuese verdadera. Pero ¿por qué alguien querría casar a Mateo con Paula así de esa forma? No pudo seguir analizando pues escucharon un golpe en la puerta y uno de sus peores miedos se hacía realidad: los periodistas habían dado con la pareja.

—Soy Berta, ¿estás ahí, Paulita? —todos dieron un suspiro de alivio y Benjamín abrió de inmediato. Frente a él se hallaba la mujer, bastante serena, apoyada en su bastón—. No me miren con esa cara. He estado todo el tiempo en la cocina y acabo de enterarme de lo que pasó. Supuse que estarían aquí, escondidos… —continuó hablando mientras entraba al cuarto, en tanto Benjamín se asomó a la puerta para verificar que nadie la hubiese seguido. Luego volvió a poner el cerrojo.

—Ña Bertita, ¿usted sabe algo? —preguntó Paula acercándose a ella.

—Logré ver a Clemente huyendo y él era el Oficial Civil que envié para que lo casara a usted, señor Vicuña con su novia —comunicó mirando a Mateo—, pero sucede que estaba aquí… supongo que se han cambiado los papeles. Gracias —dijo a Benjamín quien le había acercado una silla.

—Pero ¿cómo? Tu madre esta mañana iba a eso, ¿no? —inquirió Paula, pero Mateo no tenía una respuesta.

—Le explico: su madre, jovencito, esta mañana envió al Oficial Civil verdadero a casarte con Paula —Mateo quedó sorprendido ante tal revelación—, digo, a «cazarte»… así, con zeta… pero yo me di cuenta y lo impedí. Aun así, el auténtico sacerdote estaba aquí. Realmente no sé quién hizo otra vez el cambio.

—¿Mi madre lo volvería a hacer? ¿Por qué?

—¿Victoria interesada en que te casaras de verdad conmigo? ¿Por qué? ¿Para qué?

—Mi madre me estaba «cazando» para ti, Paulita, como un regalo. ¡Mira qué buena suegra te has ganado! «Paula Vicuña», suena bien ¿no?

—¡Ja! ¡Gran regalo! ¡Y no soy Vicuña! ¡Soy Díaz… Díaz Cortés!

—¡Oye! Muchas se pelearían por mí.

—¡Cásate… y «cázate» con ellas entonces!

—A ver niños, dejen su primera pelea de casados o «cazados», para después —regañó Berta. Paula hizo una mueca y Mateo la quería ahorcar—. ¿No han pensado en que esta unión podría beneficiar a alguien, digo, aparte del escándalo que está causando…?

Mateo guardó silencio unos segundos y luego, como si una ampolleta se hubiese encendido en su cabeza, logró atar cabos y recordar una cierta sonrisa displicente que advirtió en la casona.

—Tal vez el tipo ese… Estefany, tenga algo que ver. Lo vi muy sospechoso durante la ceremonia.

—Mateo, ese *hueón* lo único que quiere es una foto de Rayén, ¿qué sacaría con manipular la boda? —preguntó Benjamín y Mateo nuevamente se quedó sin respuesta.

—Creo que oí mal, hace un rato usted dijo… ¿sacerdote? ¡Se suponía que solo sería una ceremonia civil! ¡Se lo dije, Ña Bertita! —espetó Paula.

—Es que mi amigo, el Padre Clemente Saint Johannes, también es Oficial Civil y ya no es cura católico, pero eso es otra historia… Él celebra los matrimonios laicos del pueblo. Vive aquí mismo, al otro lado de la isla. No sé qué pudo haber ocurrido. Yo le dije que el matrimonio verdadero sería en la capilla del pueblo, no en esta vieja casona. Tal vez habló con alguien más…

—Es decir, ¿nos casó un cura que también es Oficial Civil? —preguntó Paula casi al borde de un síncope—. ¿Nos casó por el Civil y también por la Iglesia? ¡Esto es una locura!

—No, Paulita, cálmate. Ya dije… Clemente ya no es cura. Sí es Oficial Civil y por ese lado, creo que sí están casados, pero tranquila —se apresuró en hablar—, él no ha oficializado nada. Es decir, creo que todavía no ha llevado el acta para la emisión del certificado... —supuso Berta.

—¿No? ¡Eso no se usa! ¡Todo está en línea! Es cosa de meter los datos al computador y listo... Por otra parte, ¡todo queda registrado en el libro de actas, por eso se llama «de actas»! —exclamó la recién casada.

—Mi niña, recuerda que vivimos apartados de cualquier centro urbano y tal vez el matrimonio no sea válido. Creo que deben hablar con él e impedir que le dé curso a esto.

—¿Dice que debemos cruzar toda la isla para ir a pedirle a un «medio cura», que deje sin efecto un matrimonio? ¿Anularlo, así como así? —cuestionó Paula.

—Un Oficial Civil, Paulita —corrigió Berta.

—¡Un Oficial Civil trabaja en el Registro Civil!

—¡Este no, hija! Sé que suena extraño, pero él es la persona que casa a todos en la isla...

—¡Y como sea! ¡Esto parece una cruel venganza! ¡¿Cómo se les ocurre casarme contigo?! —profirió mirando a Mateo.

—¡Y dale con lo mismo! Tan mal no estoy —Paula lo miró y no le quedó otra opción que sonreír.

—¿Y dice usted que el tipo ese vive aquí mismo? —preguntó Benjamín y Berta asintió—. Entonces hay que ir por él cuanto antes.

—Yo sé en donde vive —indicó Paula—. En excursiones que he realizado por el bosque, más de una vez pasé cerca de su cabaña... —intentó seguir hablando, pero se vio interrumpida por Benjamín que se había asomado a la ventana.

—¡Ey, cabros! Miren allá afuera, hay mucha gente. Creo que ya pasaron la noticia y tal vez hayan hasta reporteros de la tele transmitiendo en vivo.

—Entonces debemos buscar una solución rápida... Saber por qué el tipo salió huyendo, de seguro que alguien le pagó —opinó Mateo y Paula estuvo de acuerdo.

—Es lo más probable —también Benjamín aprobó esa teoría y Berta guardó silencio, porque sabía que su amigo era bastante dado a ciertos vicios caros que de seguro su trabajo no alcanzaba a cubrir, así que no era ilógico pensar en que hubiese recibido alguna retribución por haber celebrado la boda equivocada.

—Debe haber alguna forma de solucionar este problema. Rayén ya debe estar enterada y hecha una furia —supuso Paula y Mateo asintió. No quería ni pensar en la escena que le iba a armar en el momento que lo viera.

—¡Claro que hay una forma! —aseguró Berta—. Deben ir por Clemente. No ha salido ningún ferri y no hay autorización para que vuelen helicópteros o zarpen otras embarcaciones, así que debe estar en su casa. Apúrense si quieren hacerlo hoy, pues parece que nevará en cualquier momento —advirtió.

Mateo, como quien le hubiese puesto un alfiler en el trasero, salió rumbo a la puerta, pero Benjamín lo detuvo.

—¡Oye, *hueón,* cálmate! No puedes salir por la puerta principal. Además no debes ir solo. Paula conoce este lugar, lo acaba de decir. Ella tendría que acompañarte.

Paula miró a Mateo moviendo afirmativamente su cabeza.

—Sí, tienes razón —convino Mateo.

—Vengan, salgan por este otro lado —agregó Benjamín acercándose a lo que parecía ser un closet—. Esta es una salida de emergencia... excentricidades de las estrellas de cine que ahora nos servirá a todos. Vayan por aquí, este pasadizo da justo al lado posterior de la casa.

—Deben subir la colina hasta el bosque. Si quieren llegar más rápido tendrán que cruzarlo, luego pasar por los refugios, tomar el camino costero hasta La Caleta Glaciar y ahí encontrarán la cabaña de Clemente — explicó Berta, pero Paula ya conocía el trayecto.

Mientras Mateo se ponía una chaqueta más abrigada, los gritos del exterior se volvieron a escuchar, esta vez con mayor insistencia. Los periodistas exigían ver a los novios.

—Yo los enfrentaré. Les diré que todo se trata de un mal entendido y que...

—No, Benjamín. No hagas nada. Una vez que sepamos que al acta no se le ha dado curso, yo mismo daré una declaración. Ya se me ocurrirá qué decir, de todas formas te agradezco todo lo que haces por nosotros.

—Tranquilo. Igual esto es una aventura más que contar a futuras generaciones —expresó con una leve sonrisa.

—La verdad es que el tiro te salió por la culata —observó Paula.

—¿Te han dicho que eres simpática? ¡Podrías haber ganado un concurso! —agregó Mateo con sarcasmo, pero ella no lo miró.

—Esto es una locura. Debemos solucionarlo, ¡ya! Y eso de que «al acta no se le ha dado curso», no me la trago, es decir, ¿desde cuándo se puede anular de esa forma un matrimonio? —preguntó Paula

—Fíjate en dónde estamos, yo tampoco creo que todo esto sea oficial —razonó Benjamín en tanto Paula resopló no muy convencida.

—Ojalá que así sea. Andando —ordenó Mateo intentando agarrarla del brazo, pero ella lo esquivó dirigiéndose hacia un mueble de la habitación.

—Espera un minuto —agregó buscando la tiara. La tomó y luego la envolvió en el mismo velo del traje de novia, para finalmente entregarla a su ayudante—. Por favor, Ña Bertita, si ve a la madre de Mateo regrésele esto, es algo muy fino y no me gustaría que se extraviara.

—No te preocupes, yo se lo entregaré —respondió Berta recibiendo el velo y la pequeña corona.

—A mi mamá no le importará esa cosa. Mejor apurémonos, ¿sí? —dispuso Mateo, pero se arrepintió apenas había terminado de hablar, al ver la mirada con veneno que ella le regaló.

—¡Claro, yo tengo que apurarme para andar como *huevona* apagando los incendios de los perlas! ¡Me tendrán que pagar el doble! ¿Entendieron? —Mateo y Benjamín se miraron entre sí y luego movieron la cabeza afirmativamente—. ¡Ah! Y esperen, no puedo continuar con estos zapatos… lo siento, pero así no puedo ir contigo —gruñó sentándose nuevamente en la cama.

—Revisa el equipaje de Ray. Ahí debe haber algo que te sirva —señaló Mateo tratando de controlarse. Paula le estaba poniendo piedritas en el camino y tenían que actuar rápido, pero debía entender, ella había hecho demasiado con apoyarlo, lo que menos podía hacer, era esperarla unos segundos.

Paula tomó la maleta que estaba a un costado, la subió a la cama y la abrió. Comenzó a hurgar en busca algo que le pudiera servir, pero una prenda en especial le llamó la atención:

—Esto no es de Rayén —se burló, dirigiéndose a Mateo, con un bóxer amarillo con la cara de Che Copete[32] en la parte delantera. Él miró y frunció el ceño, pero no respondió. Ella se encogió de hombros y lo dejó donde mismo, en tanto lo único que le servía de todo lo que Rayén tenía, eran unos zapatos de levantarse—. Voy a tomar prestadas estas chanclas de tu novia.

—Sí, úsalas. No se dará cuenta —supuso Mateo.

—Váyanse ahora —apresuró Berta.

Paula aprovechó y también sacó una chalina

---

[32] **Che Copete**: *Es un personaje cómico creado por el actor Ernesto Belloni.*

blanca que encontró y se cubrió con ella. Luego le dio un beso en la frente a Berta para finalmente salir junto a Mateo.

Caminaron por un pasillo angosto y algo lúgubre, luego subieron por una escalera que los condujo a la planta superior, en donde se hallaba la puerta de salida, pero al intentar abrirla, se dieron cuenta que estaba cerrada por fuera.

—Vayamos por la ventana —propuso ella retrocediendo un par de pasos para entrar a un cuarto que tenía una pequeña ventana sin vidrio que contaba solo con un ala de madera sostenida por un gancho.

Mateo trepó de inmediato y salió a un borde estrecho justo para poner los pies. Tendría que bajar con mucho cuidado, pues a casi dos metros se hallaba un bote viejo que les serviría para cruzar la laguna pantanosa.

—Tuviste en tus manos la maleta Rayén y, ¿lo único que sacaste fue un par de pantuflas? —preguntó Mateo al ver que Paula se las quitó metiéndolas debajo su brazo para evitar que se le cayeran.

—Solo esto me servía, no me iba a subir en otro par de zapatos con tacones de aguja. Además no fue lo único que tomé prestado, también saqué este tapado de lana —Mateo rodó los ojos, con eso no se abrigaba nada, bufó y luego le ofreció la mano para ayudarla a bajar.

—Ven —pero no se dio cuenta que el terraplén estaba enmohecido y cedió, cayendo bruscamente sobre la pequeña embarcación metida en medio del matorral.

—¿Estás bien? —le preguntó Paula sentada en la ventana con los pies colgando hacia el exterior.

—Estoy desculado, pero bien —Paula rió al ver a Mateo sobar su trasero para luego sentarse en el bote.

—Espera un poco, acercaré esta cosa para que puedas bajar —junto al bote había un par de maderos gruesos y largos, de seguro se empleaban como una especie de remos, considerando lo fangoso de la laguna, eran la herramienta idónea. Tomó uno y lo dejó a su lado, en tanto con el otro empujó para aproximarse a Paula.

Una vez que estuvo lo suficientemente cerca, se puso de pie para ayudarla a descender. Paula le tomó la mano, pero un clavo oxidado que se hallaba en una de las salientes de la ventana, rozó una parte del vestido y este se rasgó a la altura del muslo dejando ver la pierna de ella, paisaje que Mateo no pasó desapercibido. Esa piel se veía suave y delicada... meneó la cabeza para evitar seguir mirando, pero ya había sido descubierto.

—¿Terminaste? —Mateo abrió la boca para decir algo, pero no halló qué—. Ya, déjalo. Ayúdame a bajar. ¡Y no mires más! ¿Entendido?

—¿Por qué no puedo mirarte? Vamos, Paulita, en un rato más tendremos nuestra «noche bodas»... —agregó mientras ella se sentaba frente a él en el bote.

—¡Ja-Ja! Eso no fue gracioso.

—No te enojes, es solo una broma —ella asintió, recibiendo el madero—. Debemos llegar a la orilla.

—Esta agua tiene tantas hojas y ramas que será imposible remar.

—No remes, debes empujar, fíjate —Mateo repitió el movimiento y comenzó a darse impulso, Paula lo imitó. Al cabo de unos o cuatro o cinco empujones y con mucho esfuerzo, lograron llegar al otro extremo. Él, como todo un caballero, nuevamente le dio la mano para ayudarla a bajar. Paula no estaba acostumbrada a ese tipo de atenciones, sobre todo si recordaba que ninguno de sus antiguos novios la trató con tanta delicadeza. Rió para sus adentros mientras terminaba de ponerse las pantuflas de Rayén.

—Te sigo —pronunció Mateo cruzado de brazos. Al parecer se había demorado más de la cuenta tratando de acomodar el calzado.

—Hay que caminar bastante… Es por este lado —indicó Paula hacia el bosque.

—Todo sea por encontrar a ese imbécil.

—¿Se te ocurre quién puede estar detrás de todo esto? —inquirió mientras envolvía su cuello con la chalina.

—Tengo sospechosos.

—Yo también.

Capítulo 13

VENTISCA

—¡¿Pero qué *hueá* me *estai* diciendo?! ¡Explícame de nuevo! —exigió Rayén quitándose violentamente la corona que llevaba sobre el velo, la que luego de estrujar entre sus manos, arrojó con furia sobre una silla.

Estaban en una sala aledaña a la capilla en donde supuestamente se realizaría la boda, pero por lo que veían, nuevamente esta se había cancelado. Benjamín explicó todo lo ocurrido en la casona: sobre la confusión con los jueces civiles, que los «recién casados» habían salido en busca del hombre que ofició la ceremonia y que existían sospechas de que todo había sido planeado.

—Ya te lo dije y no me hagas contar todo de nuevo —alegó Benjamín con voz cansina deslizando una mano por su cabellera en señal de hastío y buscando la mejor manera de controlarse.

—¿Y en dónde dices que están ellos ahora? —preguntó Vicente refiriéndose a Mateo y Paula.

—Fueron donde el Oficial Civil, para ver si pueden rescatar el acta y evitar que el tipo ese, la haga efectiva…

—Pero ¿cómo pasó todo esto? —indagó Victoria acercándose a Berta que había llegado junto al padrino de bodas—. Usted me sorprendió cuando, casualmente, envié a ese hombre a la casona. Me espanté cuando vi al juez falso en la iglesia y supuse de inmediato que el verdadero se había ido donde ustedes.

—¡¿Qué hizo qué, Victoria?! —preguntó Rayén enfurecida, aproximándose peligrosamente a su suegra, pero Vicente la detuvo, tomándola de un brazo.

—Fue una confusión, es todo, hija. Cálmate —indicó, intentando sosegar los ánimos. Ahora entendía a qué se refería su esposa aquella vez cuando hizo alusión a «hacer las cosas al revés»… estaba claro que el cambio no había sido tan «casual» como ella acababa de decir. Pero no la culpaba, a él tampoco le agradaba la idea de que Mateo se casara con esa actriz, porque realmente no veía amor en él, pero ese era un tema que solo a su hijo concernía.

Victoria, por su lado, no quería escuchar los gimoteos de su nuera así que se alejó lo bastante seguida por Berta, quien le había entregado la corona que Paula utilizó durante la ceremonia, envuelta cuidadosamente en el velo. Ella la recibió con algo de tristeza porque en el fondo de su corazón deseaba que Mateo se casara con una muchacha como Paula. Con disgusto miró a Rayén que no había tenido consideración alguna con la joya arrojándola con rabia y, podría asegurar, que hasta con desprecio, sobre una silla. Y ella que con tanto esmero la había elegido para la ocasión… ¿Qué más podía esperar? Por algo su instinto materno le enviaba constantes advertencias, indicando que esa muchacha no era para Mateo, pero no era ella quien debía decidir.

—Usted casi logra cambiar los jueces, menos mal que me di cuenta, sino Paula me habría estrangulado… —Victoria sonrió—. Pero si ya estaba todo en orden, ¿quién metió mano nuevamente? No creo que haya sido la señorita Neumann —susurró Berta mirando de reojo a Rayén que sollozaba sentada en un sofá con el maquillaje corrido, en tanto su madre le entregaba un vaso con agua.

—Mateo, mi amor… ¿en dónde estás? —preguntaba la novia en medio de un sobreactuado e hipado llanto.

Berta negó con la cabeza y se giró nuevamente hacia Victoria.

—Los muchachos han ido a buscar al Oficial Civil, Paula conoce Hellington, pero estoy preocupada porque se avecina una tormenta fuerte, lo acaban de avisar por la radio.

Victoria frunció el ceño y miró por la ventana. En efecto, las nubes oscurecidas se veían amenazantes, la temperatura de seguro estaba muy por debajo de los cero grados y comenzaban a caer los primeros copos de nieve.

—Me congelo… —se quejó Paula un par de pasos más atrás que Mateo mientras caminaban por el bosque de árboles dispersos en un sector alto.

—Insisto: pudiste haber sacado algo más útil de la maleta de Rayén.

—Vi vestidos, trajes de fiesta y mucha lencería… creo que eso no me habría servido de mucho.

—¿Qué? ¿La lencería? ¡Ja! ¡Claro que te habría servido! —bromeó intentando levantarle el ánimo.

—¡Ja! ¡Ni lo digas! De verdad, necesito descansar —suspiró apoyándose en un árbol porque realmente estaba exhausta y el frío le impedía continuar—. Es lindo este sector. No lo recordaba así… El lago se ve mucho más pequeño —señaló un punto donde se apreciaba agua cristalina rodeada de una capa fina de hielo—. Calentamiento global, ¿no?

—Sí, o tal vez solo esté congelándose, pero creo que no es época —opinó Mateo mirando el paisaje. Paula se encogió de hombros—. Descansa unos minutos. Treparé a un árbol y veré cuánto nos falta para llegar al refugio. Ahí recuperaremos fuerzas y nos protegeremos de la tormenta. Estoy seguro que nevará… y, por lo que parece, no será suave —Paula miró el cielo y estuvo de acuerdo con el pronóstico de su acompañante. Luego caminó unos pasos más buscando un lugar para sentarse.

Mateo se alejó unos cincuenta metros hasta que encontró un árbol alto y fácil de subir, eso le gustaba porque acostumbraba a practicar escalada deportiva en sus tiempos libres. Una vez que alcanzó la altura suficiente vio que, como a medio kilómetro, estaba el camino del que Berta les había hablado, seguido de una pequeña colina que debían sortear para encontrar el refugio. Estaba claro que ese día no llegarían donde el supuesto sacerdote, lo que primaba en ese instante era buscar protección cuanto antes.

Paula le había dicho que ellos, como comunidad, mantenían en buen estado los refugios, construidos por antiguos habitantes de la isla para las personas que se adentraban en esos lugares y que eran sorprendidos por tormentas o nevazones. Esas edificaciones, con el tiempo, se fueron modernizando, con el propósito de captar más turistas. Según ella, algunas tenían buenas salamandras, ventanas reforzadas y hasta alimentos en caso de ser necesario.

Mientras miraba el camino que les esperaba, un chillido femenino lo alertó, obligándolo a girar rápidamente hacia donde había dejado a Paula y un hielo en su estómago se hizo presente al verla agitar los brazos en forma desesperada. Advirtió que ella estaba en grave peligro porque desde esa altura tenía una visión global del lugar en donde se hallaban, apreciando que Paula efectivamente se encontraba bastante adentrada en el lago congelado y este se había quebrajado bajo sus pies.

Dio un gran brinco desde más de un metro de altura y corrió hacia ella, pero un crujido en el piso le señaló que no podía continuar.

—Mantén la calma —ordenó.

—Ajá —balbuceó ella casi aterrada.

—Te voy a acercar una rama, ¿sí? —ella no contestó, ni se movió, pero otra vez el suelo emitió un sonido espantoso y pudo ver una marca blanca debajo de sus pies que amenazadoramente se ensanchaba—. No te muevas.

—No, no me… ¡Aaaah!

La capa de hielo cedió, cayendo al agua en menos de un pestañeo. Mateo vio con horror cómo Paula desaparecía ante sus ojos.

No lo pensó dos veces y acortó los pasos que los separaban, arriesgando caer él también, pero logró aferrarse al extremo de un tronco cercano, para meter su mano libre en el orificio del hielo, buscándola.

Ella luchaba por salir a la superficie, sentía como si el agua fría tuviera millones de agujas invisibles que se incrustaban en su piel. No podía respirar y no quería caer en desesperación. Mateo algo haría, confiaba en eso… pero los segundos eran eternos y sus oídos solo escuchaban un espantoso zumbido de miedo y muerte… Luego, algo la rozó y no era hielo… se trataba de una mano que hurgaba cerca. Desesperadamente se aferró a ella con firmeza, pues sabía que no tendría otra oportunidad. Mateo la sujetó con fuerza y la sacó rápidamente del agua. Con prontitud se quitó la chaqueta y la cubrió. Paula temblaba y tenía sus labios de un amenazante tono morado… En tan solo unos pocos segundos, su cuerpo había entrado en un estado casi hipotérmico. La temperatura del agua era totalmente peligrosa.

La tomó en brazos y, mientras ella tosía, despejando sus vías respiratorias, decidió continuar sendero arriba por alrededor de la colina para llegar pronto al refugio.

—Gra… gracias —titubeó en medio de espasmos involuntarios.

—Calma, ya llegaremos a la cabaña —miró el cielo ennegrecido momento en que sintió algunos copos de nieve acariciando su nariz, luego una ráfaga de viento que le congeló la piel—. Ventisca —sospechó, pero no podía detenerse a pensar, solo debía apresurar el paso. Paula se había desmayado y él debía cargarla. Aunque no ascendería la colina, el camino por la orilla también tenía cierta elevación, lo que sumado al viento en contra, haría el trayecto interminable.

El frío lo estaba calando, pero debía continuar, olvidar el ambiente hostil en que se encontraba y con denuedo proseguir, pues sabía que los últimos metros le resultarían más extensos.

Cuando al fin vio la primera cabaña que se encontraba con la puerta abierta, sintió que las fuerzas regresaban a su cuerpo, se apresuró en entrar, pero una desagradable sorpresa se cernió ante sus ojos: la cabaña había sido saqueada y todos los enseres estaban destruidos. Dejó a Paula sobre una banca para salir presuroso hacia la otra casita. Estaba cerrada con llave, así que con una patada fuerte y certera logró abrir la puerta. Esta se hallaba intacta: había una cama pequeña con algunas cobijas en un aparador, de las que tomó una y regresó donde Paula. La cubrió y, en medio de la nieve copiosa que caía acompañada de un enérgico viento, la cargó nuevamente.

La acostó con cuidado sobre la cama, pero antes de hacer otra cosa, se preocupó de cerrar la puerta para impedir que el frío externo ingresara. Se aproximó a la chimenea, arrojó unos leños secos que se encontraban a un costado, logrando encender el fuego gracias su viejo y fiel encendedor que siempre traía consigo. Había dejado de fumar hacía varios meses, aun así, se declaraba un «fumador social» y, por lo general, en compañía de amigos procedía a encender un cigarrillo para amenizar la conversación. Y ahora, por única vez, ese encendedor no sería solo *el implemento que atentaba contra su salud*, tal como Rayén de continuo le decía, sino que realmente serviría para algo útil.

Luego se acercó a Paula pues ya sabía qué hacer: debía actuar con rapidez aunque intuía que ella se molestaría y que incluso, cuando se diera cuenta, tal vez sentiría vergüenza, mas no había espacio al análisis, así que la giró en la cama, bajó la cremallera de su vestido deslizándolo por los hombros, aprovechando incluso de quitarle la ropa interior. No miró nada más porque no era el lugar ni el momento para sacar provecho de una situación en extremo delicada, se trataba de salvar una vida y eso era lo que estaba haciendo, porque ella era su responsabilidad, él era el causante de lo ocurrido. Se sintió un desconsiderado... un verdadero entrometido en la vida de Paula, ¿qué culpa tenía ella de sus problemas con Rayén?

Aunque tampoco podía cegarse a lo que estaba

sintiendo… a lo que aquella situación irremediablemente lo conducía. Sí, le agradaba estar allí, los dos solos, a pesar de lo ocurrido en el lago. Estaba seguro que esa escena la recordaría como lo más romántico que había vivido en años. Sonrió mientras la arropaba con una frazada, pero luego, como quien le hubiese puesto un cable a tierra, meneó la cabeza para centrarse en otra cosa. No era propio de él estar pensando así, principalmente porque tenía novia y ella de seguro estaría preocupada por él…

Aprovecharía que Paula descansaba para revisar el lugar y olvidarse de esas efímeras, contradictorias y embriagadoras emociones, que lo hacían dudar de sus propios sentimientos.

Miró a su alrededor y pudo notar que la sala principal funcionaba como comedor y dormitorio con una chimenea, existía una puerta que daba hacia otra habitación, en donde había un par de muebles, una cocina y un lavaplatos pequeño. La ventana estaba cerrada así que la abrió, vio que el baño se hallaba afuera, a un par de metros de la cabaña que se conectaba por un pequeño pasillo techado, pero el viento era intenso por lo que debía protegerse y tener bastante cuidado, si quería salir.

Luego colgó la ropa mojada de Paula sobre un mueble y buscó entre los cajones de una cómoda de nogal, por si encontraba algo que le pudiera servir. Halló una chaqueta tipo leñador en una bolsa sellada, la sacó y se la puso de inmediato. En tanto a ella la cubrió con dos mantas más.

La habitación estaba un poco más templada e iluminada, producto de una lámpara a gas que hizo funcionar. Se disponía a tomar asiento para descansar, cuando un golpe lo alertó. Se trataba del ala exterior de la ventana que se había desenganchado y el viento la azotaba con fuerza. Debía salir para asegurarla de lo contrario, el vidrio podría romperse.

Acomodó la capucha de la leñadora sobre su cabeza antes de salir. Afuera la visibilidad era casi nula y el viento frío por poco lo hizo volar. Se aferró al borde de la cabaña logrando poner cerrojo a la ventana. Aprovechó también de tomar un tronco bastante grueso que estaba en el suelo, el cual permitiría afirmar la puerta por dentro.

Al regresar, luego de cerrar y asegurar la entrada, vio que Paula se movió emitiendo unos pequeños gemidos. Él se sentó a un costado de la cama, notando que el rostro de ella estaba pálido, pero sus labios ya no tenían el preocupante matiz purpúreo.

—Tu temperatura ha regresado —aseveró tocándole la frente con la palma de su mano. Paula abrió los ojos y otro gemido involuntario se le escapó—. ¿Cómo te sientes?

—Eeeh… sí… creo que bien —respondió con voz algo ronca, ¿qué le había pasado? ¿En dónde estaban? Se sentía desorientada, pero poco a poco recordó todo y no quiso ni siquiera preguntar detalles de cómo habían llegado, pues supuso que Mateo debió haber pasado un muy mal rato cargándola hasta allí—. Lo siento. No me di cuenta que estaba parada sobre el lago, hasta que fue demasiado tarde.

—No fue tu culpa, yo tampoco lo noté. En todo caso, es febrero y resulta como raro encontrar un lago congelado, ¿no?

—Estamos en el extremo austral de Chile, tal vez cosas así pasen… Aunque, si bien es verano, estos días han sido particularmente más fríos.

—Si tú lo dices… yo no conozco este clima.

—Ni yo, llevo poco tiempo por estos lados, solo repito lo que la gente de aquí dice, es todo… Además, creo que me perdí.

—No te perdiste. Estábamos en el camino correcto.

—¿Y… mi ropa? —preguntó cohibida, luego de una pausa. Rabia y vergüenza era lo que sentía, ¿por qué tuvo que ser precisamente él quien la desvistiera?—. *¡Claro, como siempre, tenía que andar mostrando la hilacha!* —recordó lo que decía su madre cada vez que ella hacía algo que la dejaba en evidencia.

—Ahí está —respondió él con total naturalidad, señalando las prendas que reposaban sobre una silla secándose al calor del fuego—. Y no te preocupes si te vi o no. Lo único que me importaba era que entraras en calor y con esa ropa fría y mojada, jamás lo habría logrado, así que en lo que menos pensé era en que sentirías pudor.

—No, sucede que no estoy acostumbrada a que me desvistan —todavía no terminaba de hablar, cuando ya se había arrepentido de lo dicho… ¿por qué no pensaba mejor antes de abrir la boca? Vio que Mateo la miró sonriente y se dispuso a esperar la burla que venía.

—¿No? ¿En serio?

—No… no me refiero a eso… es que… tú me entiendes, ¿cierto? —titubeó afligida y Mateo se conmovió pues no estaba en sus planes hacerla sentir mal.

—Descuida. Eso no pasó. Aquí no ha pasado nada, ¿sí? Me olvidé de todo —concluyó con sinceridad poniéndose una mano en el pecho.

—De verdad que te lo agradezco —aseveró más tranquila. No sabía cómo pagarle lo que estaba haciendo por ella, pero entendía que él asumía toda la responsabilidad de lo ocurrido, porque si no la hubiese involucrado en sus enredos amorosos y faranduleros, nada de lo que estaban viviendo, habría sucedido.

—No agradezcas. Solo hago lo que corresponde. Todo esto es mi culpa, lo sabes… Además, teníamos que llegar a este sitio. El tiempo impide seguir camino hacia donde vive el tal Clemente —guardó silencio por unos segundos y luego continuó—: Mi celular está sin señal. No sabrán nada de nosotros —informó indicando el costado de la chimenea en donde se encontraba el aparato.

—Por estos lados la cobertura es prácticamente nula. Además no podemos regresar y tampoco nadie puede venir desde el pueblo por nosotros, es peligroso. Este… ¿cuánto tiempo llevo desmayada?

—Entre desmayada y dormida… no mucho, son poco más de las cinco de la tarde y hay ventisca —

informó mientras acercaba sus manos al fuego para abrigarse.

—¿Ventisca?

—Sí, eso creo… —señaló Mateo mientras pensaba en la mejor forma de salir de ese lugar, aunque sabía que era imposible, pero su estómago le estaba exigiendo ingerir alimentos desde hacía rato.

—Entonces tendremos que quedarnos aquí— agregó Paula finalmente.

—No sé si aguantaré hasta mañana… tengo hambre, hoy ni siquiera desayuné…

—Estas cabañas están equipadas —explicó ella acomodándose en la cama—. Tal vez en la despensa encuentres sopas para preparar, legumbres y algunas conservas. Todos los que vivimos aquí, nos hemos preocupado de mantenerlas aptas para turistas o excursionistas que se adentren en nuestros terrenos. Son bastante seguras, así que no moriremos de hambre ni de frío.

—Entonces lamento informarte que la primera cabaña estaba abierta y no había nada que sirviera… la han saqueado.

Paula dio un suspiro de desaliento y Mateo pudo ver que se había formado un gesto de tristeza en su rostro.

—¡Qué lamentable! Una vez que regrese al hotel, informaré a la Junta de Vecinos para que tomen las medidas pertinentes. Todo esto demanda cuidado, dedicación y esfuerzo. Es triste que haya gente que no le importe lo que hacemos, si al final, todo es para incentivar el turismo…

Paula tenía gran capacidad de liderazgo, era una persona de buena voluntad y una excelente administradora, lo cual evidentemente podría aportar al desarrollo de la isla, pensó Mateo mientras ella continuaba hablando:

—Si quieres puedes revisar las estanterías, quizá se hayan robado las provisiones de esta cabaña —Mateo se acercó a lo que parecía ser una alacena y efectivamente allí había varias cosas.

—No, aquí está todo y en buen estado.

—Entonces preparará algo… también tengo hambre —Paula intentó incorporarse, pero un dolor agudo en su cabeza la obligó a acostarse nuevamente—. ¡Auch! Creo que todavía no me puedo levantar.

—No estás bien y yo no soy ningún inútil. ¿Eres acaso de esas mujeres que piensan que los hombres no podemos asumir labores que muchos creen únicamente femeninas? Descansa, yo prepararé algo, ¿sí? Trata de dormir, abrígate bien y por favor, guarda silencio. Hablas mucho, ¿lo sabías? —ella sonrió.

—Pero antes que me calle, te pediré que revises las gavetas. En algún sitio deben haber pilas, otra lámpara y una pequeña cocina con gas de camping… —Mateo enarcó una ceja pues le sorprendía tanta preparación considerando lo recóndito del lugar.

—Está bien, yo me haré cargo. Tú, descansa.

Jamás se había sentido tan a gusto como en ese momento, a pesar de lo que estaba viviendo. Hacía tiempo que su vida era bastante monótona, pero desde que llegó a Los Vientos, todo se hallaba revolucionado. La vida al lado de Paula había dado un giro increíble. Cada día era diferente y presentaba un desafío distinto. Atrás quedaba su escritorio colmado de papeles que el único fin que tenían era alejarlo de lo que realmente valía la pena: la compañía de sus seres queridos y de disfrutar de las cosas simples.

En aquel lugar había aprendido que la prioridad era vivir el día a día, complacerse con los cambios bruscos del tiempo, aprovechar de compartir con la familia, reírse de boberías como la serenata del muchacho enamorado de Paula y, lo mejor, estar con ella en su «noche de bodas», aunque solo fuera para cuidarla…

Luego de haber conseguido iluminar la estancia completamente, dedicó tiempo a la cocina: preparando una sopa instantánca. Esperaba que hubiese quedado apetitosa, porque le agregó algunos ingredientes extras para que resultara más alimenticia: un puñado de arroz y un par de cucharadas de sémola. ¿El resultado?, una suculenta sopa para famélicos, algo espesa, pero bastante sabrosa.

Luego que Paula degustara la comida, Mateo se sentó frente al calor del fuego, se quitó los zapatos y los puso a secar.

—Creo que debo levantarme —señaló ella mientras él intentaba abrigarse a la orilla de la chimenea. Se envolvió en una manta y caminó hasta su ropa que ya estaba seca, para luego meterse a la cocina.

Mateo, que la escuchó sin decir nada, tomó su propia camisa que también estaba seca y se la ofreció porque pensó que no sería muy cómodo volver a ponerse el vestido de novia...

—Ten, usa esto.

—Gracias —respondió recibiendo la prenda de Mateo, sin abrir demasiado la puerta.

Para él era suficiente la polera de algodón y la chaqueta de leñador que llevaba puesta. Por lo demás, agradecía verla recuperada.

Al cabo de un par de minutos, Paula trajo consigo una tetera con agua para colgar al fuego. Después fue a la alacena, sacó un frasco de café y algo de azúcar. Cuando el agua estuvo a punto, lo sirvió.

—Eres muy amable —pronunció él recibiendo la bebida caliente que seductoramente echaba vapor inundando la sala con su embriagador aroma—. Huele exquisito.

—Es instantáneo, aunque siempre me he jactado de que lo preparo a la perfección —afirmó sentándose al lado de él y cubriéndose las piernas con una manta. La camisa le quedaba bastante corta y ya había visto que la mirada de Mateo, aunque discreta, más de una vez la había posado en ellas. No quería parecer atrevida, además él debía estar pensando en su novia.

—¿Cómo te adaptaste a vivir aquí? No, no me malinterpretes —se apresuró en hablar antes que ella dijera algo—, es un sitio único, me gusta, pero... ¿aquí? Realmente siempre creí que emigrarías aunque no a un lugar tan remoto.

—Viví por un tiempo en Santiago mientras estuve en la universidad y luego regresé a Copiapó. Después del aluvión de 2015, me mudé a Punta Arenas. No me fue muy bien que digamos y por eso acepté el ofrecimiento de mis abuelos. Mal que mal, de algo que me sirva ser administradora... ahora privada, no pública... —respondió haciendo alusión a su último trabajo.

—Entiendo.

—No te niego que al principio me resultó difícil —reconoció acercando sus pies al calor de la chimenea—. Mi abuelo me dijo que podía vender el hotel y ocupar el dinero en algún otro negocio o regresar a Copiapó, pero finalmente opté por quedarme, aunque no sé hasta cuándo.

—Tus abuelos... ellos...

—Ellos viven en Copiapó, en la casa que era de mis padres. Tienen una residencial para estudiantes de educación superior y les va bien; confían en que sacaré adelante el hotel.

—Te dejaron un gran legado, es decir, el hotel y la casona... es una considerable extensión territorial.

—Y es posible que sea más grande, lo que ocurre es que las escrituras no son claras y el abogado que tomó el caso se dedicó solo a traspasar las construcciones a mi nombre, todavía falta ver la real dimensión del terreno. En fin, no tengo dinero suficiente como para contratar un *staff* de profesionales para que realice la revisión completa, así que tendré que esperar.

—Yo te podría ayudar en eso.

—¿Podrías? —preguntó algo incrédula, ¿cómo era posible que Mateo Vicuña, una persona tan ocupada, restara parte de su tiempo a asuntos de ella?

—¡Claro! Luego me das una copia de la escritura, yo no sé mucho de temas legales, pero pediré asesoría a algún abogado de la empresa para que le eche una mirada —ella asintió y dio otro sorbo a su café.

Entre ellos solo se escuchaba el viento golpeando la cabaña y el crepitar del fuego, poniendo a ambos en una extraña situación. Tal vez el estar uno al lado del otro era suficiente, pero Mateo fue quien inició nuevamente la conversación luego de un par de minutos.

—¿Y? ¿Cómo te sientes? Digo, por lo de tu caída.

—Creí que moriría congelada, pero ya estoy bien. Gracias.

Otra vez un raro e incómodo momento de silencio los envolvió. A pesar de ello, ambos sentían que tenían temas pendientes qué hablar, pero les costaba. Paula sonrió para sí porque ya no tenía quince años y no era esa adolescente que se ponía nerviosa por todo. Además era la ocasión propicia para preguntar. Si no lo hacía ahora, ya no tendría chance de hacerlo. Debía salir de dudas.

—Aquella vez… —empezó a hablar.

—¡Ja! Sabía que me lo preguntarías… —aseveró mirándola de frente y sabiendo a qué se refería ella.

—Ahora que estamos aquí, me... ¿cómo sabes qué quiero preguntarte? —inquirió de repente al darse cuenta de lo dicho por él, ¿era tan evidente acaso?

—Lo he notado desde el primer día que llegué.

—¿Sí? Es decir, se trata de un tema del cual tengo muchas preguntas, luego de aquella mañana… Te dije «hasta luego» y no quise que me contaras nada. Creo que sentí culpa y también vergüenza…

—Si me hubieses dado espacio a la explicación, no te habrías estado pasando películas porno todos estos años.

—¿Qué? No, no… eso no…

—Sí, eso sí. Recuerdo muy bien tu expresión.

—¡Pero mi ropa estaba desparramada por tu habitación! ¿Qué otra cosa me podía imaginar?

—¿Viste que sí alguien te había desvestido antes?

—¿Qué? —preguntó horrorizada y sintiendo que la cara le ardía.

—Nada, olvídalo. Es broma. Caliento más sopa porque sigo con hambre y te cuento todo, ¿te parece?

Capítulo 14

NOCHE DE VERANO

Viernes 20 de noviembre de 2002.
22:00 hrs.
Lugar: plazoleta frente al Salón La Merced en Copiapó.

—¡Ay, Paula! Aprovechemos esta noche, no es solo una fiesta más. ¡Es una fiesta de despedida en casa de Mateo Vicuña! —aseguró Vilma tomando de la mano a su amiga.

La cena llevada cabo en el salón La Merced del liceo, dejó con ganas de seguir festejando a los alumnos de cuarto medio, por lo que planearon un desquite en casa de Mateo, quien justo ese día estaba solo, ya que sus padres se encontraban de viaje.

—¿En la casa del ricachón ese? ¡Estás loca! ¡Ni cagando me invitan! —discrepó Paula incrédula.

Ambas se encontraban en una de las bancas exteriores del salón, iluminadas por engalanados faroles para la ocasión, mientras muchos asistentes ya se retiraban a sus casas pues la celebración había terminado.

—Es sin invitación. Escuché decir que recibirá a todos los que quieran ir, siempre y cuando sean alumnos del liceo. Dicen que tiene una inmensa piscina, una cancha de tenis… ¡Y hasta un escenario! Incluso algunos aseguran que contrató un servicio de banquetería y a un DJ. De seguro lo tenía todo planificado desde antes. Anda vamos, la pasaremos chancho[33].

—Mmm suena tentadora la idea —reconoció asintiendo.

—Vamos, Pauli… no seas fome.

—Yo también iré —agregó Leticia, otra compañera que se acercaba a ellas.

—Está bien. Las alcanzaré allá, primero iré a casa a avisar a mis padres, luego me voy a la fiesta.

—Toma, te presto mi celular para que los llames —ofreció Leticia sacando su negro Nokia, regalo de licenciatura de su mamá. Estaba claro que lo quería presumir, pero Paula no aceptó.

—Amigas, debo cambiarme de ropa, en serio. No estoy mintiendo.

—Son puras chivas[34]. ¡Te apuesto que no irás! —afirmó Vilma seria.

---

[33] **Pasarla chancho**: *expresión chilena referida a pasar un momento grato.*

—Sí iré, lo prometo.

—¿Sabes la dirección? —preguntó Leticia.

—Sí, por Los Carrera[35]. Sé en dónde es.

—Aun así, no te creo. De seguro te vas a acostar y mañana despertarás habiéndote perdido la oportunidad de bailar y de festejar con todos. Amiga, recuerda que esta será la última vez que compartamos. Quizá a algunos compañeros nunca más los volvamos a ver.

—Sí, Vilmita lo entiendo, pero primero iré a ponerme ropa más cómoda. Confía en mí. Allí estaré.

Al cabo de casi dos horas, Paula se hallaba frente a la reja de la casa de Mateo Vicuña, se había quitado el traje de gala, reemplazándolo por una falda corta, una blusa con algunos brillos y botines de taco delgado, pero bastante cómodos. Se disponía a ingresar cuando una voz masculina, pausada y arrastrada que desde hacía un par de años conocía, le habló:

—Bienvenida a la fiesta —saludó Mateo a un costado de la entrada principal.

—Gracias —respondió, pero lo miró suspicaz.

—Pasa, tus amigas están aquí —indicó haciendo una especie reverencia.

No lo conocía tanto, a pesar de ser compañero de curso, pero su fama de adulador y mujeriego era como una especie de subtítulo agregado cada vez que él

---

[34] **Chiva:** *decir un pretexto o una mentira para salir del paso.*

[35] *La calle **Los Carrera** es una de las arterias principales de la ciudad de Copiapó, se extiende desde Paipote hasta Calle Rancagua empalmándose a Avda. Circunvalación.*

hablaba, sin embargo no era momento de analizar. Era final de curso, ¿qué más daba estar en casa del popular Mateo Vicuña? Además, esa noche él se veía particularmente atractivo…

Adentro era una típica discoteca de la época: música bailable y un escenario en donde un par de muchachos realizaban coreografías guiando al resto. En tanto algunos bebían sentados alrededor de unas mesitas y otros lo hacían en una barra en donde un joven les servía coloridos tragos.

—Lo mejor de todo es que somos mayores de edad y podemos beber sin temor a ser regañados —comentó Mateo al lado de Paula.

—Mayor tú, quizá. Yo aún no cumplo dieciocho.

—Así que todavía eres una niña… —observó con una sonrisa mordaz.

Paula enarcó una ceja, ¡ella no era una niña! Aunque todavía no cumpliese la mayoría edad, no significaba que se ubicara en un rango de infantil… más bien era una «casi adulta».

—Entonces tendrás que tomar algo sin alcohol —ofreció Mateo y Paula recibió un vaso que Vilma le traía en ese momento.

—Es solo bebida, amiga mía —confirmó la muchacha—. ¡Qué bueno que viniste!

—Sí, me demoré porque…

—¡Ey Paula, bailemos! —se trataba de Manuel Gordillo, un muchacho alto, algo desgarbado y de cabello descuidado que llegó donde ellos, tomándola de la cintura y sacándola a bailar. Paula no halló qué hacer con su vaso, pero Mateo se apiadó y lo recibió.

El joven dueño de casa se sorprendió gratamente al ver que la mayoría de los compañeros de cuarto medio habían acudido a su invitación, a pesar de no tener tantas amistades como él hubiese deseado. En realidad ese tema de no generar lazos de amistad con mucha gente era más que nada porque, según sus padres, por la combinación de apellidos de renombre, «Vicuña» y «Matte», no podía tener amigos que no ostentaran algún tipo de linaje o historia familiar célebre. Tonterías para él que a la postre siempre le traía problemas, incluso lo apartaban. Sabía que a raíz de aquello no había podido relacionarse con más personas debido a la presión familiar, pero ya era mayor de edad y no dejaría que siguieran metiéndose en sus asuntos personales, ni en la elección de sus amistades.

En ese momento vio que Maggie, una de sus últimas conquistas, bailaba con un chico extranjero. Se tomó de un trago la bebida que era de Paula, dejó el vaso en una bandeja casi vacía que tenía uno de los mozos y trató de escabullirse en medio de los invitados. Lo que menos quería era que la pelinegra de flequillos porfiados, otra vez se le acercara, pues estaba convencido que esa aventura había sido un grave error, ya que luego de la pasión de una noche, tuvo que asumir las consecuencias. Jamás imaginó ser objeto de una obsesión, pesadilla vivida los últimos tres meses en donde tuvo que esconderse y soportar más de alguna escena de celos en público. Lo importante era que al parecer la muchacha se había olvidado de él y buscaba reemplazarlo con otros. ¡Ya era hora! Giró rápidamente y se acercó a la barra, desde donde vio que uno de sus amigos sostenía una amena conversación con Leticia Arteaga, una de las cercanas a Paula, de seguro el tema era la prueba de ingreso a la universidad o qué carrera pensaban seguir. Estaba claro que con la música estridente era poco lo que se podían entender. Aunque conociendo a su amigo, lo que menos le preocupaba eran aquellos temas, de seguro estaba con la hermosa rubia solo para admirar de cerca su belleza y anotarse la conquista de la noche.

Se aproximó a un empleado de la casa, el que de inmediato le ofreció un trago, pero prefirió una gaseosa. No quería embriagarse, al menos no tan pronto, ya habría tiempo para ello.

Por su lado Paula se encontraba bailando con Manuel, pero fue interrumpida por Vilma quien se acercó jalándola de un brazo y llevándola hasta la barra. El chico las siguió, en tanto Mateo también se aproximó para ver de qué se trataba.

—¿Qué tal si hacemos un show? ¿Te acuerdas de… *Luna, luna, lunaaa?* —cantó Vilma al ritmo de cumbia, haciendo un movimiento de caderas.

—¡Estás loca! ¡Ja, ja, ja! ¡No! ¿Cómo se te ocurre? ¡Ese fue en una pijamada, no es para mostrarlo en público!

—Vamos amiga, será nuestra despedida. Esta vez nos acompañará Leticia porque Karina está ocupada… —insistió Vilma.

—Ya veo… —masculló Paula viendo la amena charla que tenía su otra amiga con un muchacho alto y que integraba el equipo de básquetbol del colegio.

—¡Será entretenido! Y recuerda que a mis hermanos les encantó la *performance* —recordó Leticia.

—¡Pero ellos son los gemelos de cuatro años, así que eso no cuenta!

—Anda Paula, muéstranos tu arte o es que acaso no te atreves —Mateo la desafió mientras daba otro sorbo a su refresco.

Ella lo miró un par de segundos, luego se puso los brazos en jarra y salió, nariz al cielo, rumbo al escenario. Leticia que se había adelantado, las esperaba en la escalera, en tanto la música comenzó a sonar y cada una tomó un micrófono, dispuestas a cantar.

Las muchachas, con todo el desplante de una estrella tropical, se pararon frente a todos, sonrientes cual cantante de moda.

En una noche de luna con el ritmo de esta cumbia,
con el calor de tu cuerpo
yo siento en tus besos toda la dulzura.

Mateo no conocía el talento artístico de Paula y, evidentemente, le resultaba bastante atrayente verla en minifalda y con esa blusa plateada que dejaba al descubierto su ombligo decorado con un *piercing* brillante. Por su lado, Vilma y Leticia, no se quedaban atrás. Ambas llevaban pantalones ajustados, botines de tacón y blusas vaporosas formando el trío perfecto que cantaba a coro:

Luna, luna, lunaaa tu sabes que lo quiero…

Todos comenzaron a bailar y a corear la canción, incluso Yasna, la muchacha más popular de su curso, que en alguna oportunidad había salido con él, se acercó para invitarlo a la pista, pero se disculpó, estaba fascinado mirando a las chicas del escenario que mostraban sus dotes artísticas, dejando a todos extasiados. Además, tenía una posición privilegiada en donde se hallaba y en más de una oportunidad sintió que Paula le dedicaba algunas miradas y que le cantaba a él. De seguro alucinaba…

Estaba muy interesado en la incipiente artista que lo había impresionado placenteramente mientras bailaba y cantaba, en donde había visto unas perfectas piernas en esa hermosa vestimenta que mostraba toda su sensualidad femenina. Sonrió satisfecho, porque había hecho lo correcto: desafiarla. Sabía que era una muchacha que le gustaba asumir retos. Además para él resultaba atrayente verla en otra faceta que no fuera metida en medio de libros y tareas escolares. Se echó atrás en la barra para seguir deleitándose del show, momento en que un par de compañeros, no muy amigables, hacían ingreso a la fiesta, saludando a todos. Eso definitivamente no le había gustado, jamás pensó que se atreverían a ir. Y no es que fuera prejuicioso o que los discriminara, pero esos chicos tenían fama de busca pleitos y que más de alguno tenía embrollos con el SENAME[36]. Si veía que algo no andaba bien, pediría a sus empleados que los sacaran de la fiesta… mientras tanto, seguiría disfrutando de la velada, pero atento a lo que ocurriera.

Luego advirtió que uno de esos muchachos fijaba su mirada en las chicas del escenario. Al parecer tenía algún tipo de relación con Leticia, la pequeña de cabello rubio. Tanto fue el enojo y sorpresa del tipo de chaqueta de cuero, que quiso impedir que continuaran cantando, pero en medio de abucheos, un joven lo logró convencer para que esperara a que terminaran la presentación. Eso se ponía cada vez más interesante, porque cuando las muchachas bajaron del escenario, ovacionadas por el público, vio que el recién llegado tomó del brazo a Paula para increparla, pero ella le dio un fuerte empujón y se alejó. Quiso ir a buscarla, en tanto un compañero de curso llegó a su lado contándole sobre una beca para una universidad en Santiago y estaba tan emocionado, que sintió pena dejarlo hablando solo. Finalmente ella se fue con otra chica a un rincón y el motoquero conversaba con Vilma en otro sector. Eso alejaba a Paula del poco agraciado y desatinado muchacho porque, ¿a quién se le ocurre andar con ropa de cuero en verano? ¡Debía tener los testículos cocidos y fermentados! No se trataba de que él quisiera como

---

[36] **SENAME**: *es el Servicio Nacional de Menores Se encarga de la protección de derechos de niños, niñas y adolescentes, y de jóvenes entre 14 y 18 años ante el sistema judicial. Además se ocupa de regular y controlar la adopción en Chile. Fuente: www.sename.cl*

pareja de la noche a Paula (aunque no estaría mal pasar un momento agradable con la nueva estrella *tropical-sound*)... era que no quería que la fiesta se viera empañada por alguna riña.

Pero hacía rato que no la veía, los minutos corrían y no la distinguía por ningún lado. Tal vez hubiese regresado a su casa y con eso alejaba cualquier intención de estar con ella en un ambiente menos ruidoso, en donde realmente pudiera entablar algún tipo de conversación... Y, ¿para qué negarlo a estas alturas?, no estaría mal pasar el resto de la noche con Paula, en donde «hablar» sería lo que menos harían... no es que se hubiese fijado en ella solo en ese momento por haber cantado y bailado. No, ella siempre le llamó la atención, porque era tan independiente y con un desplante único, envidiable para muchos. Era una joven bella, a la que no le conocía novio, pues era bastante discreta. Quien fuera dueño de su corazón, debería sentirse afortunado.

Mientras analizaba las distintas posibilidades de dar buen término a esa noche, pudo ver que Manuel repartía algunas golosinas. Estaba claro que esas «inocentes pastillas de colores» tenían algo más, porque al cabo de un par de minutos algunos andaban dando saltos sobre las mesas y otros bailaban estilo *break dance* en la pista. En resumidas cuentas, un descalabro, mientras que de fondo se comenzaba a escuchar la canción *Believe* de la cantante Cher, todos gritaron como locos buscando un espacio en la zona de baile.

Un muchacho le ofreció el tiesto con las famosas golosinas, que no aceptó ya que conocía las consecuencias y porque jamás había probado droga alguna, aunque muchos de sus amigos, sí. Además si quería demostrar que ya era mayor y que podía asumir otras responsabilidades, como cuidar la casa mientras sus padres estaban de viaje, debía mantenerse sobrio, por eso tampoco había bebido alcohol. La casa tenía que quedar presentable, a pesar de que ellos sabían de la fiesta, no quería dejar en evidencia que sus amigos solo eran un grupo de brutos salvajes.

—¿Un piscola[37]? —esa voz la conocía. Se trataba de Paula que acababa de llegar a su lado, tambaleándose y con algo de maquillaje corrido.

—Creí que te habías ido —sonrió al verla nuevamente.

—No, andaba por ahí… arrancando de «Gordillo Manos Largas» —Mateo asintió, ya lo había visto bastante interesando en Paula y eso ciertamente no le caía muy bien que digamos.

—¿Tomaste una de esas «golosinas mágicas» que andaban dando esos *huevones*? —preguntó serio y preocupado, lo de Gordillo podía esperar… aunque no tanto…

—¿Yo? ¡Ah, no, no! —respondió haciendo un movimiento negativo de manos al aire—. Creo que fueron las «Margaritas» que me han pasado la cuenta…

---

[37] *La* **piscola** *es un trago bastante popular en Chile y es una combinación de pisco (chileno) con una bebida cola, aunque algunas personas la prefieren con bebidas blancas.*

—Y te piensas coronar con un pisco. *Estai cagá* —Mateo se giró hacia el joven de la barra meneando la cabeza para evitar que este le sirviera otro trago a Paula.

—¡Hey, Pauli! Ven, tengo algo que mostrarte —nuevamente Manuel se había acercado a ella muy cariñosamente.

—No, Manuel. Gracias —contestó Paula.

Mateo, al ver que el joven no tenía intenciones de desistir, se puso de pie y evitó que este la volviese a alejar de él.

—Gordillo, ella está conmigo.

—Pe… —intentó hablar, sin embargo, el dueño de casa no estaba dispuesto a escucharlo.

—Oye, ella dijo «No». Y «No, es no», ¿entiendes? Buenas noches —dicho esto, tomó la mano de Paula, quien sonrió burlescamente a Manuel y se dejó llevar por Mateo.

Caminaron juntos rumbo a la casa, momento en que de fondo comenzaba a escucharse la canción *Mambo Number Five* y todos volvían a bailar a la pista.

—Oye Mateito, ¿a dónde me llevas? —él no respondió, pero la conduciría hasta una de las habitaciones de la casa. Allí estaría más segura que en la fiesta, en donde indudablemente todos terminarían hablando mandarín… y no quería ni pensar en lo que al otro día dirían sus padres—. Oh, ya veo… ¿y por qué mejor no me llamas un taxi?

—Porque si tu mamá te ve así, de seguro todos en esta fiesta terminaremos en la comisaría —respondió mirándola de frente simulando estar disgustado, aunque en el fondo sí lo estaba… un poco. Si él no se preocupaba, dudaba mucho que otro lo hiciera. A esa altura todos estaban emparejados y preparando lo que sería el cierre final a esa noche de fiesta. Se volteó hacia un empleado, quien le acababa de abrir la mampara de acceso a la casa—. Luego que termine esa canción, cortas el suministro eléctrico del escenario y le dices a todos que consuman lo que han pedido, después cierra la barra e informa que la fiesta terminó. Llama al servicio de taxis de mi papá para que se vayan seguros… ¡Ah! Y por favor, si alguno se pone complicado, ya sabes qué hacer…

—Como diga, joven —contestó el empleado.

—Gracias.

Mateo siguió por el pasillo, luego de lo cual subió una escalera al segundo piso de la casa y se dirigió a su cuarto.

—¿Por qué me trajiste aquí? Soy peligrosa, ¿lo sabes?

—Sí, claro, muy peligrosa, apenas te puedes los pies —volvió a tomar de la mano a Paula y a sostenerla con su brazo desde la cadera, conduciéndola hasta la cama.

—¡Ay, mi cabeza!

—Descansa unos segundos, yo regreso enseguida —agregó saliendo a la cocina en busca de algo para beber, aprontándose para lo que imaginaba sería una noche inolvidable…

Cuando entró nuevamente al cuarto vio que Paula tenía puesta una camisa de él y se había acostado debaj de las cobijas. Rió al ver que estuvo de sobra el haberse preparado incluso hasta con una espumante botella de champagne, pues su artista y compañera de esa noche, dormía profundamente… ¡Si hasta roncaba!

Capítulo 15

COMO EN INVIERNO

—Entonces no pasó nada —dedujo Paula luego de haber escuchado el relato de Mateo, el que trajo a su mente recuerdos que creyó olvidados. Rió cuando se vio nuevamente cantando y bailando sobre un escenario, sin embargo una sensación de vacío se alojó por unos segundos en su corazón... tal vez buscaría la forma de retomar el contacto con sus antiguas compañeras de liceo porque realmente las extrañaba.

—Nada. Yo me quedé a tu lado, recuerdo que intenté leer un libro que tenía en mi velador, pero también me dormí, por eso en la mañana estaba acostado contigo.

—Oh.

—¿Te desilusiona? —preguntó curioso, enarcando una ceja.

—¡No! Quiero decir, todo este tiempo dudé que hubiese pasado algo. Está bien tener mala memoria, pero olvidar «eso», es como imperdonable, ¿no? —Mateo sonrió—. En un momento creí que efectivamente lo habíamos intentado y que el sueño había sido más fuerte. Barajé muchas hipótesis, pero de todas formas tenía mis dudas.

—Te dormiste profundamente, incluso llegabas a roncar —Paula sabía que a veces eso le ocurría, sobre todo con unas copas de más o cuando se dormía cansada luego de una larga y agotadora jornada laboral—. En mis planes sí estaba pasar la noche contigo —confesó y Paula asintió, porque ella, en algún momento, también barajó esa posibilidad, pero la veía muy lejana puesto que no pertenecía al círculo de Mateo—. Sin embargo, no soy ese tipo de persona... estabas vulnerable y por eso te llevé a mi cuarto... si no... olvídate... Gordillo andaba muy interesado...

—Oh sí, «Manos Largas» no habría dejado pasar la oportunidad. Tuve suerte de tenerte cerca.

—Fue suerte para ambos el haber estado juntos esa noche —reconoció sincero y Paula se sonrojó.

Con lo poco que conoció de él en el colegio, pudo haber pensado, en algún momento, que él quisiera haberse aprovechado de la situación, pero mientras más analizaba lo ocurrido, más entendía que la estaba protegiendo. Aunque también era válido pensar en que quizá ambos se habían «desatado» con tantas copas (al menos ella)... finalmente, no fue así, además Mateo no había bebido aquella vez.

En ese momento nuevamente la ventana de la cabaña se abrió por el exterior y azotó la pared provocando un fuerte estruendo que a ambos inquietó, cortando el tema de conversación que los mantuvo por largos minutos trayendo al presente vivencias adolescentes.

—¡Mierda! Eso no nos dejará dormir. La arreglé cuando estabas dormida, pero se ha vuelto a soltar. Debo salir y repararla nuevamente, si no se pueden quebrar los vidrios —supuso Mateo poniéndose de pie.

—Es peligroso, el viento sopla muy fuerte y te congelarás —repuso Paula algo preocupada.

—Tendré cuidado —se acomodó la leñadora que bastante grande le quedaba, quitó el tronco que sostenía la puerta, momento en que la ventolera gélida y húmeda, inundó todo.

—No dejes que se enfríe la cabaña —advirtió, pero Paula optó por quedarse con la puerta entornada en tanto lo esperaba. No se demoró ni dos minutos cuando ya estaba de regreso, tiempo suficiente para que llegase casi congelado.

—Listo, ahí quedó más firme —le comunicó tiritando de frío.

—Ahora te debes abrigar.

Mateo se arrimó a la fogata para calentarse mientras Paula aseguraba la entrada con el madero grueso, luego le acercó otra silla para que pudiera elevar los pies hacia el fuego.

—Intentaré dormir aquí. Tú, acuéstate. Todavía no estás recuperada del todo —dijo resignado a pasar la noche allí sentado.

—Me siento mejor y, por lo demás, en la cama cabemos los dos —él la miró sorprendido—. No pongas esa cara que no es una invitación a divertirnos… se trata de supervivencia.

—¿Sí? ¿En serio? ¿No temes dormir conmigo? Ahora no estás con alcohol en la sangre…

—Y ahora tampoco, porque tengo frío.

—¡Oye, eres mi esposa! —bromeó.

—Ja-ja. Eso pronto quedará solucionado. Anda, ven y acuéstate. Mientras más pronto nos durmamos, más rápido llegará mañana.

—¡Qué deducción más científica!

Paula acomodó las cobijas sobre la cama y se metió a un lado, dejando espacio suficiente para que Mateo se acostara. Como él había dicho, estaban casados, pero ella se encontraba exhausta, con frío y sospechaba que él también, así que cualquier invitación a otra cosa que no fuera dormir, quedaba fuera de sus pensamientos.

Mateo se quitó la chaqueta, colgándola sobre una silla, luego la acercó a la fogata para que se secara, en tanto la otra ya lo estaba, así que la puso sobre la cama para generar mayor calor. Luego se sacó los zapatos y se acostó junto a Paula. La cama era bastante estrecha pues sus hombros se rozaban.

Estaban silenciosos, mirando el techo de la cabaña cuando un ruido cantarino y quejumbroso hizo que

Paula diera un respingo.

—¿Qué fue eso? —preguntó.

—Es viento. Por si no te has dado cuenta, estamos en medio de una ventisca. No es *La Llorona*.

—Es que esos ruidos me espantan… Además, no me preocupa *La Llorona,* me es familiar porque en Copiapó le decíamos *La Viuda* —recordó Paula.

—Sí, así le decíamos. Muchos aseguraban que se paseaba a orillas del río[38], pero mejor no hablemos de leyendas o *penaduras*[39], mira que luego debo viajar a Santiago y no quiero que en la barcaza se nos aparezca *El Caleuche*…

—¡Ja, ja, ja! ¡Estamos harto lejos de Chiloé! Eso no pasará, además son solo leyendas.

—Yo no diría eso, Paulita. Recuerda que las leyendas se pasan de boca en boca y algo de fantástico y real tienen… así que, no te fíes.

—Si tú lo dices…

Luego de estar callados por unos instantes, Paula recordó que todavía quedaba un tema pendiente y esa era una instancia propicia para abordarlo:

—Había algo que te quería decir… —planteó.

—Dime.

—Es solo una apreciación y sé que no tiene relación alguna con lo que hemos hablado, pero ahora que estamos aquí y dado todo ocurrido…

---

[38] *Río: referido al Río Copiapó, situado en la Región de Atacama. Comienza en la confluencia de los ríos de Jorquera, Pulido y Manflas. Fuente: https://www.ecured/Río_Copiapó_Chile*

[39] *Penadura: presencia de espíritus en pena.*

—No des tantas vueltas, ¿qué pasa? —Paula dio un respiro como dándose fuerzas y buscando las palabras precisas para no sonar ridícula.

—A ver —continuó hablando mientras se giraba un poco para poder mirarlo de frente—. Sucede que desde que ustedes llegaron… ¡Ay, mejor ni me hagas caso! —añadió moviendo la mano como espantando un mosquito.

—Sé a dónde quieres llegar. Es mi madre… ella es la causante de los cambios.

—¿Qué? ¿Qué cambios?

—Supongo que hablas de eso… de los cambios tan bruscos de tiempo, ¿no?

—Sí, algo. No estoy paranoica… hasta donde sé, los meses de enero y febrero aquí son algo templados y mira, parece pleno mes de julio.

—Tal vez ella esté asustada o algo así.

—¿Ella? ¿Hablas de tu mamá? —Mateo asintió—. ¿Me *estai hueviando*?

—No, no es *hueveo*. Hablo en serio. Cuando ella experimenta fuertes emociones, como rabia, alegría, enojo… el tiempo cambia. Por ejemplo: si está feliz, hay sol; si ha estado lloviendo y ella está de buen humor, aparece un arcoíris; si algo la ha enojado, comienza a correr viento… cosas así. Mi mamá piensa que se trata de una especie de «poder extrasensorial» —Paula rió—. Una vez, dice ella, que estaba peleando con mi papá por sus pedos nocturnos…

—¿Por sus qué? —Paula creyó oír mal.

—Ya sabes, pedorretas que le dan a uno cuando se come legumbres... —Paula no aguantó y rió con ganas—. Contó que quiso ventilar el dormitorio, pero las ventanas estaban cerradas por fuera, sin embargo su deseo era tan fuerte y también su fuerza mental, que hizo llover incluso con rayos y truenos... y que, de tanta energía en el exterior, la ventana se abrió de par en par. Dice que desde entonces tiene esos poderes, pero que todavía no los ha logrado controlar —Paula lo escuchó atenta, aunque incrédula. No quiso rebatir nada, porque Mateo hablaba como si creyera realmente lo que estaba diciendo—. De todos los cambios que han aparecido desde que llegamos, posiblemente sea ella la causante. Sin embargo, esta tormenta es demasiado fuerte y constante, no se trata de lo que ella acostumbra a hacer.

—¿En verdad crees que tu madre tiene poderes sobrenaturales?

—Tú insinuaste algo similar, ¿no?

—Pero yo no hablaba de magia o brujería... Pensé que podrían tener un satélite o algo parecido que controlara el tiempo atmosférico.

—¡Ja, ja, ja! Creo que ves muchas películas apocalípticas.

—Ya me lo habían dicho —masculló recordando su conversación con Toto.

—Y yo no me refería a hechicería o cosas por el estilo, hablo de poderes mentales.

—Ajá... —no iba a entrar en una discusión con Mateo. Al fin y al cabo él era libre de pensar lo que quisiera. Además, a estas alturas podía creer cualquier cosa. Tal vez Victoria fuese una bruja después de todo…

Se escuchó otro ruido más fuerte en el techo y Paula apretó las mantas. Mateo levantó un brazo para que se cobijara en el cuenco, advirtiendo algo de miedo en ella.

—No muerdo. Es solo para que te sientas mejor —Paula, sin analizarlo demasiado, aceptó la invitación. Total, se hallaba consciente de que si estaba con él en una cama pequeña y con el frío que hacía, en más de una oportunidad sus cuerpos buscarían el abrigo del otro. Mateo, a pesar de haber salido al frío exterior, estaba bastante cálido y se sentía muy bien poner su cabeza en el pecho de él—… Creo que ahora mi madre solo abre la ventana cuando a mi padre le da… ¿cómo se llama eso? ¿Meteorismo?

—Pobre de tu mamá, ¡ja, ja, ja! —pero la risa de Paula se apagó al oír otro fuerte estruendo—. ¿Qué hacemos si el techo se vuela? —preguntó alarmada.

—No se va a «volar». Es solo viento. Tú vives aquí, sabes que estas construcciones son sólidas y han enfrentado crudos inviernos… ¿Y se puede saber por qué le temes tanto a los eventos climáticos?

—Me trae malos recuerdos del aluvión que ocurrió en Copiapó… es todo.

—¿La pasaste muy mal?

—Yo no sé si tú lo sabías, pero tenía mi casa muy cerca del río… el barro no tuvo piedad y se metió por todos lados… quedamos con lo puesto —recordó con tristeza.

—Lo lamento.

—Carabineros nos rescató y nos fuimos a un albergue, mientras el río destrozaba todo. Cuando regresamos, pasado unos dos días, no teníamos nada, pero no puedo ser malagradecida, mucha gente nos ayudó y pudimos reconstruir, aunque nada fue lo mismo.

—Imagino que no. Siento mucho lo que te ocurrió.

—Por lo menos, estamos vivos. Muchos no vivieron para contar su experiencia. Por eso, cada vez que escucho un trueno o siento que la lluvia no cesa, esos recuerdos regresan y veo a mi madre desesperada y a mi padre con el lodo hasta la cintura intentando agarrarse de algo para sobrevivir.

—Debió ser desgarrador... Yo no estaba en Copiapó en esa fecha, pero también perdimos mucho... varios cortes del parronal, un par de frigoríficos... ni hablar de los *packings*[40]...

—Sí, lo vi en las noticias. También lamento mucho lo que les pasó.

—Lo bueno fue que no tuvimos víctimas fatales que lamentar. El Jefe Zonal de la exportadora recibió el informe meteorológico que le enviaron desde Miami, en donde decía que llovería en altura... en la cordillera, lo cual acrecentaba el riesgo de aluviones. Y, contrario a lo que mi padre ordenó, él dispuso la evacuación inmediata el día anterior, trasladando a la gente al campamento de Tierra Amarilla. Mi padre, en el

---

[40] **Packing**: *lugar en donde se embala la uva (u otra fruta) para iniciar su proceso de exportación.*

momento se disgustó, pero luego entendió que esa decisión había sido la correcta —Paula asintió—. Ahora hemos realizado arreglos al río... obras de mitigación junto con otros productores agrícolas con apoyo incluso de algunas empresas mineras de la zona para evitar que algo similar vuelva a ocurrir, pero con la naturaleza nunca se sabe...

—Es complicado vivir con ese temor... Se trata de eventos climáticos que no suceden todo el tiempo, pero cuando pasan, dejan terribles estragos.

—Así es. Y dime, fue por eso que te viniste al fin del mundo, ¿no?

—Es una mezcla de todo. Si bien soy de Copiapó, siento a Hellington como mío. Esta isla me encanta. Creo que no me iré... que lucharé hasta conseguir mis metas...

—Lo lograrás, estoy seguro.

—Espero que así sea —reconoció en medio de un bostezo que quiso disimular, pero fue imposible.

—¿Estás cansada?

—Sí, muero de sueño —reconoció sincera. Al parecer aún le quedaban vestigios de su accidente y sabía que lo único que podía sanarla, era dormir. Intentó acomodarse hacia el otro lado de la cama, pero los brazos de Mateo se lo impidieron.

—Quédate así, ambos debemos abrigarnos... el fuego se apagará en cualquier momento y no hay más leña seca. Lo único que podemos hacer es darnos calor entre nosotros, además se siente bien —ella le dio la razón y se volvió a acomodar en su pecho.

Mateo sonrió cuando un brazo femenino cruzó por su estómago. Paula estaba agotada y al cabo de unos segundos cayó en un profundo sueño. Realmente aquellas últimas horas junto a ella, habían sido como estar en otro mundo, en un lugar en donde la vida cobraba un sentido diferente… estar feliz hablando de cosas cotidianas, abrigarse como en una noche invernal o reírse de tonterías. No se trataba de andar mostrándose sonriente ante el lente de una cámara, decir que eran felices, besarse para las revistas, hacerse regalos caros o procurar cenas románticas con varios reporteros sacando fotos… no, eso no era amor y no era romance. Pero estar ahí con Paula, haberla rescatado del lago, preparar sopa para ambos, calentarse los pies en una fogata e incluso salir al exterior en plena tormenta solo para cerrar una ventana, era dar un real sentido a su existencia, a la alegría de saberse vivo y con verdadera necesidad de ser querido y sobre todo de querer… de amar…

Eso era lo que él no conocía y estaba seguro que Paula tampoco… tan inmersa en sus cosas, en su carrera, preocupada de verse fuerte ante los demás, que había dejado de lado ser feliz. Tal vez las decepciones amorosas solo obedecían a que con quienes había estado se sentían amedrentados ante una mujer inteligente que podía tambalear el piso de cualquiera, menos a él que sabía de ella en otra faceta: la de dueña de un hotel que tenía de todo, menos comodidades, que era hermoso, por su gente, no por la fachada y que era agradable, para quien no ostentara lujos. Paradójico pues era un paraíso para él, a quien nunca le había faltado nada.

Sintió tristeza al recordar que al otro día todo cambiaría. Se iría apenas lograra destruir el acta y se casaría con Rayén, eso era lo correcto, tanto para ella como para él… ese era el camino, así estaba pactado… a pesar de que aún quedaban temas pendientes con su novia, entendía que no eran motivos para separarse. Él no era nadie para pensar en una vida junto a Paula. Además sabía que no podía vivir tan apartado de todo, había visto cómo era la vida que llevaba y eso realmente no se acomodaba a su ritmo. Aunque debía reconocer que le agradaba demasiado cómo su cuerpo se adecuaba perfectamente al de ella y eso lo había cautivado desde esa vez en casa, pero el destino de ambos ya estaba escrito y cada quien hizo lo suyo por su lado. Tal vez todo hubiese quedado en el olvido, pero tenía que viajar justo a Hellington para que el recuerdo regresara y de paso le dejara en claro a ella que efectivamente esa noche de despedida de cuarto medio, nada había ocurrido entre ambos…

Paula despertó cuando la claridad del día iluminó la cabaña y un olor intenso a café recién preparado, la invitaba a levantarse.

—Eso huele muy rico.

Mateo estaba bañado y bastante animoso lo cual Paula agradeció, ya que en algún momento creyó que al llegar la mañana, se encontraría sola o que lo vivido las últimas horas hubiese sido solo un sueño.

—El baño está bastante completo.

—Nos gustaría equipar más estas cabañas, aunque con la junta vecinal nos hemos preocupado bastante. Yo llevo aquí solo unos meses, pero pretendo apoyar más, sobre todo ahora que he pasado una noche aquí —agregó sentándose en la cama, momento en que se dio cuenta de que todavía llevaba la camisa de Mateo. Él estaba con una polera y su chaqueta—. Arreglaré ese vestido y me lo pondré —continuó refiriéndose al traje de novia.

—Está roto, no hay mucho que puedas hacer.

—Pero no puedo pasearme con tu camisa. Lo cortaré un poco y con lo que sobre haré una capa o algo que me cubra la espalda… Creo que no planeamos nada bien. Si tan solo nos hubiésemos dado tiempo para cambiarnos de ropa y preparar una mochila con lo necesario…

—Pero no lo hicimos y aun así, sobrevivimos. Lo mejor de todo es que ya nos queda poco para llegar a la cabaña del tipo ese y ahora el tiempo está de nuestro lado —señaló Mateo mirando por la ventana—. Apenas tenga cobertura, llamaré a mi padre y le diré que envíe al helicóptero por nosotros.

—Esa es la cabaña —indicó Paula señalando una vivienda rústica construida de madera y piedra, junto a un acantilado.

—Estábamos bastante cerca —observó Mateo.

—En medio del viento, no nos dimos cuenta.

Ambos siguieron camino por el sendero de rocas negras, corroborando que aquel lugar estaba habitado pues salía humo por la chimenea. Al tocar la puerta, fue el mismo Clemente quien les abrió.

—¡Ah! Son ustedes. Pensé que los vería antes por estos lados... —habló con un tono adusto, bastante diferente a como lo habían visto el día anterior durante la ceremonia.

—Imagino que sabe por qué estamos aquí —agregó Mateo.

—Es posible, pero pasen. No se vayan a congelar —indicó mirando de soslayo la vestimenta de Paula.

Ambos ingresaron a la casa, cuyo interior estaba hecho completamente de madera nativa, muebles de orondas patas y algunas alfombras raídas en el piso. Era bastante sombría, ya que gruesas y oscuras cortinas cubrían las ventanas.

Se sentaron en un sofá rígido, cubierto con una manta tejida que sorprendió a Mateo quien se había arrojado con todo su peso, dando de lleno con lo duro de la superficie.

Paula lo miró y quiso reír, pero él le regaló una poco amigable mirada que la obligó a tragarse la burla.

—Lo primero es saber si realmente estamos casados —pronunció ella.

—Lo están —reconoció Clemente en forma segura, sentándose frente a los visitantes.

—E… entonces… ¿qué tenemos que hacer? ¡Se suponía que la boda sería falsa! Todo era para despistar a los periodistas —explicó Paula.

—¿Alguien le pagó para que la hiciera de verdad? —inquirió Mateo.

—En efecto, ofrecieron pagarme, pero yo caso a la gente por amor, no por dinero. Así que no acepté nada —Paula y Mateo se miraron entre sí, suspicaces ante la respuesta.

—¿Quién le quiso pagar? —indagó Mateo, aunque a esas alturas ya suponía quién estaba detrás de todo. No era su madre, ni tampoco Berta…

—Eso no se lo diré, muchachito. Es secreto profesional.

—Entiendo, pero entonces, ¿es posible que el acta que firmamos quede nula? —preguntó Mateo.

—¿Nula? ¿Por qué? ¿Acaso no se querían casar?

—¡No! ¡Era una farsa! —respondió Paula irritada.

—Ayer se harían dos bodas: una verdadera y otra «de mentira»… usted estaría a cargo de la boda verdadera, es decir, la mía y de Rayén… —el hombre enarcó una ceja—. A ver, le explico…

—No, no es necesario, yo entiendo, pero lo que ocurre es no puedo dejar nulo el matrimonio de ustedes, así de simple.

—¡¿Por qué?! —preguntaron a coro Paula y Mateo.

—Han pasado varias horas y he de suponer que ustedes ya tuvieron su «noche de bodas»…

—¡Eso no le incumbe! —Paula se cruzó de brazos e hizo una mueca de enfado—. *Viejo concha de su madre, ¿qué se ha creído?* —pero se guardó el comentario aunque por la cara de Mateo, este había entendido a la perfección lo que ella estaba pensando.

—Es que si ya consumaron el matrimonio... —insistió.

—¡No hemos consumado nada! ¿Y de dónde saca eso de «consumar»? ¡La mayoría de las parejas se casa habiendo tenido sexo antes, con hijos, incluso de haber vivido juntos! ¿En qué mundo vive? —le preguntó Paula.

—Es que soy enchapado a la antigua —declaró.

—Está bien... está bien —Mateo hizo un aspaviento con su mano, para tratar de zanjar pronto el problema—, pero que le quede claro que entre nosotros no ha ocurrido nada —aseguró.

—A ver muchachos: ayer nevó y eso me pone de buen ánimo. Así que... —Clemente se puso de pie, se acercó a un mueble del cual sacó el libro de actas que utilizó en la ceremonia el día anterior, el que dejó sobre la mesita de centro, frente a la pareja. Luego lo abrió y buscó la página correspondiente—. Esta es... Mateo Vicuña y *Paola* Díaz.

—Paula —corrigió ella.

—Sí, Paula Cristina Díaz Cortés... Mmm, sí, es esta —masculló arrancando de cuajo la página—. Todavía no ingreso ningún antecedente al sistema del Registro Civil porque no he tenido Internet, así que puedo eliminar esta unión —luego arrugó la hoja y la echó a la chimenea en donde se consumió por las llamas—. Bien muchachos, está hecho. Pueden regresar a sus casas, libres y solteros.

Mateo y Paula se miraron nuevamente, sin decir nada. Por más sospechosa que fuera la actitud de Clemente, la desfachatez con la que se había deshecho del documento y la situación en la que se hallaban, finalmente ya no estaban casados.

Pero algo no andaba bien: el hilo invisible que los había unido por casi veinticuatro horas, ya no existía así que cada uno regresaría a lo suyo y eso no les resultaba del todo agradable…

Capítulo 16
NUBLADO VARIANDO A PARCIAL

Las noticias en redes sociales y páginas web de los diversos medios de comunicación estaban al borde del colapso, compitiendo por dar la primicia o ser llamativos en sus titulares, con tal de aumentar sus seguidores. Todos tenían portadas con la pareja del momento: Mateo Vicuña Matte y la desconocida, Paula Díaz.

* *Revista Seven Teens:*
  Portada: «La triste historia de la cornuda del año» – Rayén Neumann reemplazada por una joven de provincia.

* *Diario El Cataclismo:*
  Editorial: «Paula Díaz, una desconocida muchacha, aquejada por una profunda depresión post traumática, se casó con Mateo Vicuña, dueño de la empresa Frutícola del Desierto…

*   *Diario El Mercado:*
   Noticia destacada: «El exitoso empresario agropecuario, Mateo Vicuña Matte, contrajo nupcias con una jovencita provinciana que administra un paupérrimo hotel en una remota isla del mar del sur de nuestro país».

Paula leyó solo los titulares y una que otra frase al azar de la prensa que, tan amablemente, Ña Berta le había impreso de las noticias publicadas en Internet. Ni ganas le daban de enterarse de los embustes que decían… al final, solo ella y Mateo conocían la verdad de lo ocurrido.

Habían regresado al hotel a eso de las once de la mañana, luego que Mateo solicitara que el helicóptero fuera a recogerlos al otro lado de la isla.

Luego de haberse dado un relajante baño de tina, se encontraba apoyada en la pared, mirando cada cierto rato la taza de té que la esperaba sobre la mesa. En tanto no se atrevía a mover, ni siquiera había soltado el cepillo capilar que tenía entre las manos. Inhaló con resignación y giró hacia la ventana, dirigiendo su mirada a la bahía. Ese paisaje era un paraíso, así estuviera nublado, con nieve o con sol.

Desde ahí pudo divisar el helicóptero en el improvisado helipuerto adosado a un costado del hotel, el que ahora se disponía a emprender vuelo hacia Coyhaique. Sin darse cuenta, sus manos comenzaron a apretar el cepillo al punto de provocarle dolor. Reaccionó y lo dejó sobre la mesa.

No había visto a Mateo desde que volvieron al

hotel, pues unas garras afiladas pintadas de color rojo infierno lo tomaron de un brazo con una furia incontenible que le salía por los poros. Rayén ni siquiera lo escuchó cuando quiso darle explicaciones. Sintió tristeza al recordar el rostro de él intentando justificar la actitud poco asertiva de su novia, mientras la seguía hasta la habitación que compartían. Desde su cuarto sintió los gritos de ella, los que él no respondía. Estaba convencida que Mateo se había tapado los oídos o se estaba conteniendo. Finalmente, para evitar seguir escuchando el aullido insufrible de la actriz, optó por refugiarse en su habitación, también para descansar y comer algo.

Pero a esa hora los gritos habían cesado y solo se oía el sonido de las hélices. Estaban a punto de irse y no entendía por qué experimentaba una especie de dolor angustiante en el pecho. Sintió tristeza al darse cuenta que extrañaría a Mateo y eso realmente le provocaba desazón, ¿por qué? Era mejor no buscar una respuesta lógica porque entendía que si la encontraba, estaría perdida…

Dio un vistazo al vestido de novia que se hallaba colgado en el perchero, que tristemente lucía evidencias de la odisea vivida por ella. Cuando pudiera contactaría a Ña Norma, una excelente costurera del pueblo, decían que hacía maravillas con la ropa estropeada, dejándola como nueva. Luego se lo haría llegar a Victoria, no tenía motivos para guardarse algo que no le pertenecía y que tantos recuerdos le traería. Jamás diría «malos recuerdos» porque mal no la pasó junto a Mateo. Al contrario, fue su mejor aventura en años.

En ese momento pudo ver en las cercanías del hotel a su admirador adolescente junto a la improvisada, pero fiel orquesta, que se acercaba a la ventana. Esta vez uno de sus amigos tocaba una flauta dulce haciendo un silbido desafinado. Paula los miró resignada y dispuesta a escuchar la nueva serenata.

—*No puede haber, ¿dónde la encontraría?, otra mujer igual que tú. No puede haber…*

—*(«Desgraciada» semejante)* —cantó su amigo, con un hilo de voz haciendo un extraño y exagerado gesto de inspiración y romanticismo. Perucho lo miró algo enojado y prosiguió:

—*Desgracia semejante, otra mujer, igual que tú. Con iguales contracciones, con las infecciones que en otra camisa la tenía yo. Con esa mirada atenta a mi deficiencia cuando me salía de la habitación. Con la misma fantasía, la capacidad de aguantar el tufo despiadado de mi mal olor…*

Paula rió de buena gana al escuchar atenta la letra que, a pesar de haber un ruido externo, producto del helicóptero, lograba entender a cabalidad, dada la preparación con la que venía su admirador: un parlante portátil y un micrófono en forma de cintillo, al estilo de un cantante pop.

—Así que con el ricachón —dio un brinco al escuchar que alguien le hablaba en el dintel de la puerta entreabierta.

—¡Por la mierda, Ña Berta! Casi me da un infarto.

—Entonces, ¿es cierto? —indagó la mujer arqueando una ceja y acercándose con su silla hacia un costado de la ventana, desde donde también pudo ver que Perucho y sus fieles vasallos se sentaban en las bancas exteriores a comer algo. Suponía que luego de eso se irían, aunque tal vez quisieran ver al helicóptero cuando despegara.

—¿Qué cosa? —preguntó Paula con falsa indiferencia.

—¡El matrimonio, Paulita! ¿Qué te pasa? Estás algo insoportable. Desde que llegaste no has querido hablar conmigo.

—Perdón, es que… —no supo qué responder dando un respiro y tratando de controlarse, no entendía por qué había reaccionado de esa forma. Berta acostumbraba a entrar así a su habitación. Quizá fuera el hecho de que estaba pensando en Mateo y tal vez creyó que Berta podía adivinar quién ocupaba su mente en ese instante.

—Yo entiendo. Eso de tu matrimonio te tiene mal.

—No estoy casada —afirmó moviendo la mano al aire.

—¿No? ¿Y todo el revuelo que existe al saberse lo que pasó? ¿Qué ocurre, Paula? Leíste las noticias que te dejé, ¿no?

—No, aún no las he leído. Además no hay que creer todo lo que se publica. Esto es solo una comedia que se nos escapó de las manos.

Berta frunció el ceño pues Paula había dicho «nos», es decir, ¿estaba ella confabulada con el riquillo ese? ¿Qué no le habían dicho? Al parecer Paula le tendría que contar varias cosas. No se iría con la duda.

—Mateo y tú, ¿sabían que se iban a casar de verdad?

—¡No, cómo cree! No, no me refería a eso. Alguien cambió a los jueces, es decir, enviaron al verdadero a la supuesta boda falsa.

—Sí, eso lo sé —indicó cansinamente—. Lo que no me has dicho es si lograron detener todo. ¿Hablaron finalmente con el Padre Clemente?

—Sí, logramos evitar que le diera curso al documento… el acta fue destruida y seguimos tan solteros como siempre —la mujer miró a Paula intrigada, frunciendo el ceño.

—¿Nada más?

—Arrancó la hoja del libro de actas y la quemó ante nuestros ojos.

—Eso es raro. Es difícil creer que se hayan librado tan fácilmente del matrimonio.

—Nos dijo que no había ingresado ningún dato al sistema del Registro Civil… ya sabes, por lo apartado que estamos y que por lo tanto el matrimonio aún no era efectivo. Tal como lo supusimos…

—Pero tuviste «noche bodas», ¿no?

—¡Ña Berta, por favor! Si me acosté con Mateo o no, es problema mío, ¿por qué a todo el mundo le preocupa eso?

—Yo no soy todo el mundo. Solo hice una pregunta, ¿quién más te lo preguntó?

—¡Ah! No me haga caso. Además, eso es un tema personal.

—O sea que reconoces haberte acostado con él —Paula rodó los ojos y dio un bufido.

—¿Y qué si hubiese pasado algo entre nosotros? —Ña Berta se encogió de hombros sin saber qué responder—. Pero no… no pasó nada.

—¡Bah, qué fome! Yo pensé habías tenido «acción» —Paula negó con la cabeza y rodó los ojos—. Ese Mateo es un buen partido, un cabro bien *encachao*[41], agradable a pesar de ser ricachón y déjame decirte, yo creo que sigues bien casada con él.

Paula pensó unos instantes lo dicho por Berta. Y sí, el atractivo físico de Mateo era innegable, su cabello claro, desordenado, sus ojos expresivos, sus manos fuertes… sin embargo, eso era nada comparado con la forma en que la hacía sentir; en lo atento que se había mostrado con ella… Él era especial, siempre lo supo, pero ahora todo había cambiado. Su corazón le daba extraños latidos cuando él estaba cerca, tendía a equivocarse, a mostrarse irresoluta y eso no era propio de ella.

—No me asuste, Ña Berta. No puedo estar casada.

—Yo voy a averiguar por mi cuenta, porque debes reconocer que todo es muy sospechoso… totalmente increíble.

—Mateo también investigará.

—Veo que confías mucho en ese muchacho.

—En estos días lo he conocido mejor. Mateo es maduro, empático, preocupado, en fin...

---

[41] ***Encachao (encachado)****: En Chile es sinónimo de agradable, buenmozo, «chori», «pintoso», «dije».*

—La vida cambia a la gente.

—Así es —Berta guardó silencio unos segundos advirtiendo que Paula miraba de soslayo hacia afuera con su rostro triste. Entendió que necesitaba estar sola y que intentaba sobrellevar la partida de Mateo, de la mejor manera—… Iré donde Ximena. ¡Ah! Llegó un *mail* de una amiga tuya, Vilma se llama y creo que está algo molesta porque no la invitaste a la boda.

—¿Vilma? —preguntó sorprendida, mientras Berta señalaba afirmativamente con su cabeza. Hacía años que no sabía de su excompañera de colegio—. Yo le responderé. De seguro se enteró de esto por los matinales *cahuineros*[42] de la tele.

—No te olvides de hablar también con tus padres, ellos han estado muy preocupados por ti.

Paula se sintió mal por no haberlos llamado, a veces era egoísta sin quererlo y comprendía la preocupación de ellos. No obstante, la emoción y esa extraña sensación de abandono, la nublaban y realmente era algo nuevo para ella, sin saber cómo reaccionar.

—¡Ah! Y, antes que me olvide —continuó hablando Berta—, llegó otro correo de la Gobernación Provincial, al parecer sigue en pie eso de erradicar a toda la población de la isla para la construcción de una base naval.

---

[42] ***Cahuinero (a):*** *En Chile (coloquial) se usa este adjetivo para calificar a la persona que arma «cahuines», es decir, que propaga comentarios insidiosos o malintencionados, que origina recelos y pendencias entre personas.*

—¿Continúan con eso?, creí que lo habían dejado de lado —en alguna conversación pretérita escuchó hablar de esos planes, pero todos coincidían en que jamás se llevarían a cabo debido a las características propias de Los Vientos. ¿Habrían al fin tomado una determinación al respecto?

—Sí, hacía años que no se tocaba el tema pero al parecer han retomado el proyecto.

—¿Qué pasará con la gente del pueblo y con la caleta de pescadores?

—De seguro nos llevarán a Puerto Chacabuco y de ahí… cada quien por su cuenta… lamentable.

—Yo tendría que regresar a Copiapó, me daría pena porque siento un cariño muy especial por la isla —reconoció con auténtica congoja.

—A mí también me pasa lo mismo. He vivido aquí por casi cuarenta años. A mi edad, no sé si lograré acostumbrarme en otro lugar… En fin, si hay novedades, te avisaré. Esperemos que esto no prospere como ha ocurrido otras veces.

—Está bien. Gracias.

Berta giró en su silla y salió de la habitación. Paula volvió a mirar por la ventana, en donde logró ver que los padres de Rayén ya se dirigían a la aeronave, ella los seguía cabizbaja unos pasos más atrás, acompañada de Benjamín. Ni siquiera se había despedido de ellos, pero se conformaba con haberlo hecho a través de Victoria, quien se había acercado para anunciar que ese mismo día partirían, aprovechando la disponibilidad del helicóptero y la autorización de vuelo que este tenía.

Mateo ya debía estar a bordo porque no lo vio. Mejor, no quería despedirse de él. Sentía que así debía ser, total, lo de ellos se remitía solo a un contrato poco convencional y, al final de cuentas, él era un huésped más en su hotel sin estrellas.

Un par de golpecitos en la puerta la alertaron. Tal vez a Ña Berta se le hubiese olvidado decir algo, pero se quedó helada cuando al abrir, vio a Mateo frente a ella.

—Pensé que… que ya te habías ido —reconoció algo confundida.

—No, todavía, no. ¿Puedo pasar?

—Sí, claro —se hizo a un lado para que él ingresara y luego cerró la puerta.

—Me gusta tu cuarto, es acogedor —opinó mirando la habitación, sintiendo el fresco aroma de la colonia de baño de ella.

—Gracias, pero las mejores habitaciones del hotel son para los huéspedes —Mateo sonrió.

—¿Tienes lo que te pedí? —Paula lo miró un par de segundos sin entender—. Me refiero a los documentos de tu herencia.

—¡Ah, sí, sí! Aquí tengo una copia —recordó acercándose a una gaveta de su velador desde donde extrajo una carpeta con los documentos—. Tómate tu tiempo, no es urgente.

—Sí que lo es —refutó, recibiendo los papeles—. Le diré a mi abogado que revise.

—Eres muy amable.

Paula sentía que le temblaban las piernas y Mateo cavilaba en busca de las palabras precisas. Ambos pensaron que estaban actuando como adolescentes, así que juntos hablaron:

—Es… —Mateo calló y le dio espacio para que ella continuara.

—No te olvides de indagar respecto del matrimonio, ¿te imaginas que te quieras casar con tu novia y no puedas?

—Eso es lo primero que haré. Quédate tranquila.

—Gracias.

—*¿Mateo, estás ahí? Hijo, es hora, hay que aprovechar el buen tiempo para salir* —era la voz de Victoria apurándolo desde el pasillo.

—Sí, mamá, lo sé. Adelántate, voy enseguida.

—*No te demores* —replicó su madre, alejándose.

—Es hora —recordó mirando a Paula con una opacidad de tristeza en sus ojos.

—Espero que te vaya bien en lo de tu matrimonio —Mateo sonrió.

—Ya veremos…

—¡Ah! Olvidaba algo —otra vez se acercó a la mesita de noche, pero esta vez extrajo un frasco—. Ten, dale esto a Victoria… con ello ayudará a tu padre. Son unas pastillas que se utilizan para el meteorismo —Mateo sonrió y las recibió de buena gana, su madre estaría eternamente agradecida—. Adiós, Mateo —él asintió silencioso mientras metía el frasco de pastillas en el bolsillo de su pantalón. Luego se volteó para abrir la puerta e irse.

Paula lo miró con tristeza a la espera de que él saliera de la habitación, pero no supo qué hacer cuando no lo hizo, sino que dejó la carpeta sobre la cama para luego volverse y mirarla fijamente.

Ella retrocedió, estremecida por los ojos suplicantes de él, mientras Mateo avanzó unos pasos y le tomó la mano, luego con su brazo libre logró rodearla por la cintura. Se acercó un poco más y Paula sintió su contacto, su aroma y la fuerza con que la sostenía.

La ansiedad y la ignorancia de saber qué iba a ocurrir, hizo que perdiera la voz, que casi se ahogara y sabía que sus mejillas estaban encendidas. Sí, estaba paralizada, presa de la incertidumbre, las dudas y también, para qué negarlo a esas alturas, de la fascinación que él despertaba en ella.

—Di… dijiste que te irías…

Él no respondió. Sus ojos estaban perdidos en la mirada marrón de ella, en el aroma femenino, en su delicada cintura y en las ganas enormes que tenía de besar esa boca que lo incitaba como nada en el mundo. Y no estaba dispuesto a perder nuevamente la oportunidad… No, esta vez no. Soltó la mano de ella, pero no perdió su contacto, pues tomó su cabello y lo enrolló con un dedo utilizándolo sutilmente como brida para acercar la cara de ella a la suya. Sus facciones se borraron y todo cuanto Paula podía ver, eran sus hermosos ojos verdes a tan solo un centímetro de los de ella, con las pupilas dilatadas que parecían no ver.

—No quisiera dejarte —murmuró. Y, sin pensarlo, sin dar aviso, cubrió la boca de ella con la suya.

Para Paula era imposible defenderse de su pasión, la dominó, haciéndola abandonar cualquier atisbo de defensa. ¡Todo era en vano! No podía resistirse, pues lo deseaba tanto… La sangre que corría por sus venas hervía, subía ante el toque mágico de sus manos. Su boca se abrió para recibirlo con dulzura. Su cuerpo despertó como si lo hubieran dotado de una vida nueva. Cada centímetro vibraba y sus partes más íntimas pulsaban un terrible deseo de tomar y de ser tomada. Era una especie de impetuosa alucinación que la hacía sentir mujer… querida y deseada. Con Mateo era todo diferente. Sabía que ese beso cambiaría todo… que ya nada sería lo mismo. Y, a pesar de aquello, no podía aceptarlo. Él tenía novia, se casaría… ella solo era la «novia de mentira»… lo empujó con suavidad y bajó la mirada. Sentía que sus labios le ardían y que no era capaz de verlo a la cara.

Mateo tomó su barbilla e hizo que ella lo mirara a los ojos, pero solo advirtió inquietud y dudas, ¿cómo podía rechazarlo cuando él sabía que ella ansiaba ese beso tanto como él?

—No tengas miedo, Paula.

—¿Miedo?

—Sabes a qué me refiero. No tengas miedo a enamorarte nuevamente —ella lo miró emocionada y vio en él sinceridad y amor… amor verdadero.

—Sabes que no puedo pensar en… en que tú y yo…

—Sí, piénsalo.

Mateo se acercó a ella y le robó furtivamente otro beso, luego tomó la carpeta que había arrojado a la cama y salió de la habitación. Al cabo de unos segundos escuchó sus pasos en la escalera que se perdían a medida que él se alejaba.

Capítulo 17

CAMBIO DE ESTACIÓN

La brisa gélida acarició su rostro como quien despierta a alguien que se ha quedado congelado en sus pensamientos... Hacía varios minutos que estaba de pie a la orilla del acantilado y, si no pudo definir si el viento austral había sido enérgico o manso, de seguro era porque se congelaba. El día estaba oscuro, frío, con nubes bajas y el hielo le calaba los huesos. Invierno enérgico, despiadado y solitario... como tantos días en Hellington. Dio un gran respiro al momento de observar que acababa de atracar la última barcaza del día. Desde tan lejos no podía distinguir personas y, como fuera, era muy difícil que con ese tiempo y en temporada baja, llegaran turistas o huéspedes para su hotel.

Habían pasado casi cuatro meses desde que él se fue... cuatro meses sin verlo o escuchar su voz, porque ni siquiera acordaron comunicarse aunque fuera por

WhatsApp, Facebook o algo similar… pero ¿de qué le habría servido, si ella optó por alejarse de las redes sociales? Todo lo que tenía relación con la *web* lo veía Toto quien había creado la página del hotel, de la cual aún no veían los frutos esperados…

En fin, todo había sido muy rápido en lo que tenía relación con Mateo. Además, bien entendía que si hubiese existido interés por parte de él (de ambos) habrían buscado la forma de contactarse. Sabía que ese beso de despedida no significaba nada, al menos no para él. A esas alturas debía estar casado y disfrutando de la vida junto a la mujer que amaba. Así como él se lo merecía. Tal vez aquel beso fue solo una especie de adiós, un gusto que ambos se debían y ella, cual adolescente inexperta y romántica, idealizó como algo especial. Sabía que Mateo estaba hecho para el mundo, los negocios y la fama; y Rayén era la única que se lo podía dar.

—*¿Qué tengo yo de especial?* —se había preguntado tantas veces… pues al parecer nada que a él interesara. En su vida, solo existían recuerdos de experiencias personales y laborales poco gratas, proyectos sin terminar por falta de financiamiento y un hotel que no lograba conseguir su primera estrella.

Sí, a pesar de haber subsanado muchas observaciones, parecía que la Junta de Hoteles se había puesto en pie de guerra exigiendo ahora Internet, televisión satelital y mantención completa de cada habitación del hotel, así como revisión del tejado. Algunos requerimientos los pudo cubrir gracias al trabajo realizado durante la estadía de los Vicuña en el hotel. Sabía que, tanto Benjamín como Mateo, le pagaron más de lo pactado y estaba claro que ninguno de los dos aceptaría que ella les devolviera un peso. Además Ña Berta le había entregado un dinero extra con el cual cubrió los honorarios de los trabajadores contratados por la temporada, dinero del cual dudaba la procedencia, porque estaba segura que a más de un periodista no deseado, su ayudante había dado alojamiento, cobrando algo extra…

Triste rió, añoraba esos días locos cuando el clima era inestable y la tripleta Vicuña-Salas-Neumann le proponían boberías que ella aceptaba simulando descontento.

Sonrió una vez más, ¡qué ilusa! Creyó que Mateo en algún momento regresaría con ella… ahí, a donde ni los demonios iban. Aquel lugar era tan remoto que solo ella se atrevía a mantener un hotel que recibía un promedio de cero coma tres pasajeros al mes… la cosa no daba para más. Se había consumido todo lo ganado con su trabajo como «novia de mentira» y ya no tenía en qué apoyarse, debía emigrar. Además aún existía el fantasma de la instalación de una base naval. El Gobierno había llamado a un plebiscito comunal para saber si los pobladores estarían dispuestos a mudarse. Por lo mismo esperaba, sin muchas ilusiones, el resultado de la encuesta comunitaria que se llevó a cabo ese día, durante la mañana. Sabía que en el mundo existían personas que ponían la línea divisoria muy marcada entre gente común y la con algún poder económico o político. Y entendía que a pesar de que esa tierra les pertenecía, independiente del resultado de la votación, terminarían cediéndola a sus propósitos. Si eso ocurría, el lazo que tenía con Hellington, su gente, su exquisita comida... el paisaje, la aventura, todo lo tendría que olvidar. ¿Qué pasaría con la caleta de pescadores? ¿Con Ña Bertita? ¿Con la familia de Perucho? ¿Qué sería de don Vaca que había nacido en Los Vientos? ¿Con la señora de la cantina? ¿La que tenía el restaurant con la mejor sopa de mariscos que había probado en su vida? ¿El párroco? ¡Hasta sus padres! Todos se tendrían que marchar...

Un dolor de angustia, así como cuando sintió miedo por la vida de ellos durante el aluvión en Atacama, era el que ahora la invadía. Allí había pasado momentos inolvidables que le era prácticamente imposible pensar en cómo sería su vida, si tuviera que despedirse. Pero como fuera, eso ocurriría... sabía que si el resultado les era favorable, tampoco podría continuar. No tenía los medios como para seguir manteniendo el hotel que día a día presentaba un nuevo problema, las exigencias... lo apartado de todo... Tarde o temprano terminaría regresando a la ciudad y buscando empleo en alguna empresa. No debía quejarse, al fin y al cabo para eso se preparó y, quiéralo o no, era excelente profesional. Brillante, tal vez, pero muchas personas le pusieron obstáculos en el camino, dificultando su carrera, impidiendo un posible cargo de importancia... de seguro más de alguno vio que su piso tambaleaba al lado de alguien que siempre brilló con luz propia que, sin un apellido de renombre o influencias políticas, logró sobresalir. Realmente, a estas alturas, no lamentaba lo vivido en su trabajo anterior, solo lo recordaba como una anécdota más en su vida, al fin y al cabo, estaba feliz de haber ido a parar a Los Vientos, de vivir lo vivido y… debía ser sincera, de ver nuevamente a Mateo.

Otra ráfaga de viento le indicó que pronto oscurecería, la luz del día iluminaba solo algunas horas y estaba pronosticado que nevaría en horas de la tarde, con lo que la temperatura bajaría rápidamente. Se abrazó a sí misma acomodando el largo chaleco de lana gruesa que Ña Berta le tejió para su cumpleaños, giró y se encaminó de regreso al hotel. El frío casi la curvaba al avanzar, pero no sería largo el trayecto: una moto aparcada en un vetusto árbol, la esperaba. Al fin se había comprado ese medio de transporte que tanto le servía para poder desplazarse en medio de las colinas. Atrás quedó su querida «pilla la rueda», guardada en una bodega para no volverse a usar. Montó su vehículo y dirigió ruta por el sendero hasta el hotel.

Las luces en la entrada indicaban que pronto llegarían sus padres, quienes estaban de aniversario de matrimonio y ella les había querido regalar una cena romántica.

Dejó la motocicleta cubierta con una lona impermeable y caminó hasta la entrada, momento en que la plumilla húmeda comenzaba a caer. Sería una velada muy nevada… abrió la puerta y las campanillas anunciaron su llegada. Una cabeza ceniza apareció detrás del mesón de la recepción.

—¿Te cansaste de contar las olas?

Paula sonrió mientras colgaba el chaleco en el perchero y tomaba otro seco para cambiárselo.

—¿Alguna novedad?

—No, ninguna —respondió Berta guardando algunos ejemplares de revistas nuevas y periódicos que habían llegado durante la tarde en el estante ubicado detrás de ella.

—No me diga… de seguro apareció otro reportaje hablando de mi supuesto matrimonio con Mateo, pero no se canse escondiéndolas… ni siquiera leo noticias faranduleras en Internet —señaló Paula pensando en alguna nueva publicación en uno de esos ejemplares que tan ágilmente su ayudante metió en el armario. Se acercó a la cafetera y la encendió mientras preparaba una taza.

—No, parece que se olvidaron. El joven Vicuña dio una buena conferencia de prensa diciendo que todo había sido un mal entendido, ¿lo recuerdas?

—Mmm…

—…Una treta comunicacional…

—Ajá —Paula no quería hablar de ese tema, porque el hecho de saber que efectivamente no estaba casada con Mateo, hacía que un pequeño malestar se formara en su pecho.

—Estás enamorada de él, ¿no?

—¡Por supuesto que no!

—¡Ja! ¡Ay, *mijita*! Yo no nací ayer y conozco cuando una mujer anda *toa aweoná* por un hombre. Estás con cara de muerta viviente desde el día en que se fue…

—Yo no ando *aweoná* por nadie —afirmó—. Mateo de seguro, ya está casado. Y yo estoy bien y soltera… junto a unas cuantas más. Ese tipo era un charlatán —dijo refiriéndose Clemente, el supuesto juez quien falsamente los casó aquel día en la casona.

—Por lo menos algo útil salió de todo ese show que armaron… ahora los del Registro Civil vienen todas las semanas a revisar los casos puntuales, a muchos les ha servido para analizar si siguen o no en matrimonio.

—Es mejor estar soltera —murmuró mientras se servía el café.

—Lo dices para consolarte porque luego de la conferencia de prensa, nada hemos sabido de él.

—De seguro está con su mujer, no hay que indagar mucho en ello. Se olvidó de la isla, de todo lo que aquí ocurrió. Es eso.

—¡Ay, qué mártir! ¿Y sabes qué? Todo esto es por tu culpa.

—¿Por mi culpa?

—¡Sí, *poh*! ¡Debiste haberlo amarrado a tu cama y encerrado en tu habitación! —Paula la miró divertida.

—¡Ña Berta! Mejor la dejo, iré a ver la cena.

—Está lista. Llama a tus padres, a ver si ya salieron para acá.

Paula, tomó la taza con café y subió a su cuarto para comunicarse con ellos. Estaría en la velada solo por un momento y luego los dejaría solos. Se acostaría temprano y trataría de no pensar. Tal vez Mateo la estaba pasando bien, quién sabe en qué playa maravillosa, de arenas blancas y hermosas palmeras, tomando piñas coladas bajo una sombrilla. Y ella, si no fuera por la salamandra y sus fieles calcetines de lana, estaría congelada.

En ese instante una música comenzó a escucharse. Ya sabía de qué se trataba… era la serenata nocturna que constantemente Perucho le llevaba, pero la técnica había cambiado: ahora llegaba en un Chevrolet del año cincuenta y siete, propiedad de su abuela, pintado de color azul cielo, al que con cariño, todos llamaban «El Cachalote». De seguro lo puso en marcha debido a algún trabajo extra y, de paso, junto a sus amigos le había instalado un parlante en el techo para que la canción se escuchara en su versión original y a todo volumen. Hoy, era el turno de Bryan Adams:

Look into my eyes, you will see
What you mean to me search your heart…

Pero esta vez no quiso asomarse a la ventana porque su ánimo no la acompañaba. Movió la cortina cubriendo el vidrio y puso seguro… —*Son como gatos*— se dijo, recordando las palabras de Mateo. Meneó la cabeza para concentrarse y marcar el número de su papá. Luego de saber que sus padres estaban cerca del hotel, bajó a cenar, dejando que Perucho finalizara la canción. Por cansancio el muchacho se hartaría de sus serenatas y terminaría yéndose. Además estaba segura que pronto encontraría a una jovencita de su edad a quien le podría dedicar esas melodías.

El día amaneció pintado de blanco pues nevó toda la noche. De seguro el muelle estaba cerrado y no llegaría ninguna embarcación durante varios días. Solo esperaba tener noticias de la consulta ciudadana, así sabría cuánto tiempo le quedaba allí.

A las diez de la mañana se dio ánimos y bajó a desayunar, pero Berta no estaba en su lugar de trabajo. Acostumbraba a levantarse temprano, tal vez el frío la obligó a quedarse unos minutos más en la cama, total no había nadie que se hospedara en el hotel y, con el puerto cerrado, era prácticamente imposible que recibieran huéspedes por bastante tiempo. Sin embargo, al mirar el panel de las llaves notó que faltaban algunas y el libro de registro no estaba sobre el mueble en donde solía mantenerse, sino que se encontraba abierto sobre el mesón. Tal vez hubiese llegado alguien al hotel durante la noche o en la amanecida y ella no lo advirtió. Mientras se dirigía a verificar los nombres, un ruido a los pies de la escalera la alertó.

—¿Ña Berta?

—No, por aquí no está.

—¡Ay, mierda! Toto, ¿hasta cuándo te apareces así? —su amigo estaba en la entrada.

—«Hola Totito, qué gusto verte».

—¡Ah, hola! Me asustaste.

—Esa era la idea —reconoció sonriendo.

—¡Maldito!

—Vine a contarte lo de la votación —anunció algo sonriente, lo cual a Paula sorprendió e intrigó.

—¿Y cómo nos fue? Es decir, ¿cuándo nos tenemos que ir?

—¿Irnos? No, amiga… no te puedes ir de tu isla —respondió quitándose el gorro de lana.

—Que no es «mi isla», la quiero como si lo fuera, pero…

—Error, Paula Díaz Cortés. Hoy, te has equivocado —indicó una voz que venía de la parte superior de la escalera. Volteó y creyó sufrir un infarto al ver a Mateo cargando una carpeta en sus manos—. Esta tierra es tuya, amor. Y, por tanto, el Estado no puede decidir sobre propiedad privada —confirmó acortando los escalones hasta quedar frente a ella.

—Así es —agregó Toto—. Mateo me contactó hace unos días porque se enteró de lo que ocurriría con Hellington y no quise avisarte hasta que todo se comprobara.

—Paula, esta isla es prácticamente tuya… —repitió Mateo.

Estaba atónita y temblorosa, con un movimiento algo torpe, recibió la carpeta. Toto se dio cuenta de que estaba sobrando al notar las miradas de ellos. Además que Mateo no fue muy disimulado al realizar un gesto con la cabeza para que se largara.

—Este… yo… yo voy a tomar desayuno con la tía Berta que ha de estar con tus papás, Paula. Supe que se quedaron aquí anoche… este… sí… yo… yo mejor me voy —titubeó mientras retrocedía unos pasos para luego salir rumbo a la cocina.

—¿Viniste con tus padres? —preguntó Paula.

—Solo con mi mamá, además de una tía y sus dos hijos pequeños son muy revoltosos, te caerán bien —Paula sonrió—. Ellos aún están en el pueblo, llegarán dentro de un rato y mañana arribará Benjamín junto a su novia, una periodista que conoció aquí mismo.

—¿Aquí?

—Así es, se llama Eva, es del Canal Veinte —Paula se encogió de hombros, porque no la recordaba. Tal vez si la viera, sabría de quién se trataba—. Además nos quiere entrevistar.

—¿Entrevistarnos? ¿A mí también? —Mateo le acarició los brazos y la miró a los ojos.

—A ti, amor… —ella sonrió con ternura al escuchar la voz de él llamándola de esa manera—. Tengo muchas cosas que contarte… Llegamos ayer en la barcaza de las seis y nos quedamos en el hostal del pueblo porque estaba nevando, así que optamos por no subir la colina hasta el hotel. Decidimos venir por unos cuantos días, bueno, al menos ellos —comentó guiñando un ojo, porque en sus planes no estaba irse de la isla—, así que pasarán unas bellas semanas invernales en tu hotel «cero estrellas».

—¿Días? Pero… —Paula se sintió aproblemada al pensar en tener a tanta gente hospedada en el hotel al mismo tiempo. No tenía los medios, el puerto estaba cerrado, ¿de dónde sacaría empleados para atenderlos?

Mateo tomó su mano y la condujo a la sala,

cerrando la puerta para tener mayor privacidad, pues al parecer Ña Berta se metía en todos lados.

—¿Cómo es eso de que Hellington es casi de mi propiedad? No entiendo.

—Te lo explicaré luego. Solo debes estar tranquila, ¿sí? —ella asintió.

—¿Y Rayén? —temerariamente preguntó, pero Mateo se encogió de hombros.

—No sé —respondió sincero.

—¿Cómo que no sabes?

La llevó hasta un sillón cercano, sentándose a su lado y buscando las palabras precisas para contar todas las novedades.

—Cuando nos fuimos de aquí, yo ya sabía que con ella todo había cambiado y que definitivamente entre nosotros nada podría existir. Quise pasar por alto algunas cosas, pero no pude… era imposible.

—Entonces, ¿por qué demoraste tanto en venir, en ponerte en contacto conmigo? —preguntó dejando a un lado la carpeta. Ya tendría tiempo para revisar esos documentos, ahora solo quería hablar con él—. Pensé que te habías casado —reconoció.

—Siempre supe de ti… sabía cómo estabas, qué hacías, a dónde ibas… y cada noche te dedicaba una canción diferente.

—¿Tú? Pero…

—Le pagué a tu admirador para que te trajera serenatas y me diera, cada cierto tiempo, «reportes». No quería acercarme todavía porque no tenía claridad de cuándo dejaría todo listo para poder regresar libremente.

Sabía que si te veía antes, no terminaría los pendientes, así que por eso contraté a Perucho para que te trajera canciones y no que las cantara… creo que el dinero le sentó bien.

—Pe…

—En el pueblo hay buena conexión de internet cerca de la iglesia, según lo que me dijo una vez… por eso tuve conocimiento de todo lo que aquí ocurría. Mantuve comunicación con él y con Toto, a quien contacté a través de la *web* del hotel. No te enojes con ellos, por favor. Solo me estaban ayudando —ella sonrió—. Además Perucho resultó ser un excelente empleado.

—Sabes que el trabajo infantil va en contra de los derechos de los niños —agregó Paula con una sonrisa.

—¡Ay, Paula! —rió, pensando en que ella siempre se complicaba por todo.

—¿Y qué ocurrió finalmente con lo de tu matrimonio?

—¿Te acuerdas de los calzoncillos de Che Copete?

—¿Los calzoncillos de…? ¿Qué tienen que ver? —recordaba con nitidez aquel día en la casona cuando, buscando algo cómodo qué ponerse entre las pertenencias de Rayén, encontró esas prendas ridículas que mostró a Mateo con el propósito de fastidiarlo.

—Mucho. Ese día cuando los encontraste en el bolso de Ray, supe que mi relación con ella pendía de un hilo, que tal vez no era la mujer indicada para mí y que era muy posible que no llegara a ser mi esposa. Me cuestioné todo.

—Pero ¿por qué?

—Porque esa ropa no era mía —Paula abrió la boca en señal de sorpresa—. Sí, esa expresión debí mostrar en aquel momento, pero me contuve hasta que estuve solo con ella y la enfrenté.

—Lo lamento.

—No, no te preocupes, está bien. Tenía que pasar tarde o temprano. ¿Y sabes de quién eran esos calzoncillos? —Paula hizo un movimiento negativo con la cabeza, ¿le importaba aquello? ¿Acaso ella conocía al dueño?—. Eran del tipo poco agraciado ese... el periodista llamado Estefany —reveló Mateo sin esperar a que Paula respondiera.

—¡No!

—Oh, sí. Todo el tiempo... siempre fue ella quien lo llamaba, quien le decía en dónde estábamos... Rayén no tuvo nada más que reconocerlo todo. El tipo le tenía unas fotos comprometedoras y la chantajeaba con publicarlas... un enredo que solo ella entendía. Al parecer se metió con él estando conmigo, luego sintió culpa, por eso quería solo huir y casarse.

—Y «cazarte» con zeta.

—¡Exacto! Tal como decía mi madre... pero sí, así fue. Además estoy seguro que fue él quien cambió a los oficiales civiles durante la boda falsa, pero Rayén se culpó, creo que para encubrirlo. Al final de cuentas me da lo mismo.

—Y ella, ¿en dónde está ahora?

—Con él, supongo. Realmente hace tiempo que no sé nada de ellos.

—¡Debiste haberme informado lo que estaba ocurriendo! Llegué a creer que no regresarías.

—Estaba haciendo algunos arreglos, como te dije hace un momento. Además tengo muchos planes con tu hotel. Claro, si me permites ayudar.

—¿Ayudar? ¿Aquí?, pero tú vives en Santiago y pasas largas temporadas en el norte en la exportación de la uva.

—Eso ya no es tan así. Como tu esposo, podré ser parte de tus negocios —Paula lo miró sin entender—. Así que finiquité algunos pendientes, regresé la gerencia general a mi padre porque pretendo quedarme contigo. Apenas el tiempo mejore, llegará un ferri con material de construcción para arreglar el hotel, enseres, suministros y personal para…

—No estoy entendiendo… Dices que ya no tienes relación con la frutícola, no te casaste, pero ¿sí quieres tener negocios conmigo y…?

—Y casarme contigo… casarme con «ese» no con «zeta» —agregó haciendo el movimiento de las letras en el aire—. Lo siento, creo que voy muy rápido…

—¿Casarte conmigo? —preguntó confundida, pero feliz.

—¿Con quién más? ¡Contigo, Paula!

—Para casarse hay que amarse —habló sin pensarlo demasiado, porque ella estaba segura de sus sentimientos y hasta unos minutos atrás dudaba de los de él, pero ahora estaba ahí con ella, con sus manos entre las de él, ¿qué respuesta esperaba entonces?

—Amor, si tú no me amas, yo me iré… porque entiendo que fue mucho tiempo de separación. Solo te puedo decir que durante todos estos meses no hubo un día en que no pensé en ti. Llegué a creer que no tendría las fuerzas para estar lejos por más tiempo… me apuré lo que más pude y aquí estoy… Te amo, Paula. Esa la verdad.

—Y yo a ti, Mateo. No sabes cuánto te he extrañado —respondió acariciando su rostro.

—Lo sé, mi amor.

Mateo la miró a los ojos y sonrió acercándose a sus labios para besarla suavemente.

—¡Ah! Mis cosas ya están en la habitación —agregó acomodando detrás de la oreja de ella un mechón que tenía cerca del rostro.

—Vi que Ña Berta no tenía el libro en su lugar, ¿ya se registraron todos?

—Yo los registré, y mi equipaje, en estos momentos, ya ha de estar en tu cuarto —respondió descaradamente y Paula quedó con la boca abierta—. ¿Acaso pensabas que me iba a quedar en otro lugar que no sea contigo, a tu lado y en tu cama? Y no creas que no lo pensé antes, pero sucede que tú me debes un par de noches… —Paula sonrió—. Y ahora responde, tengo una duda desde hace años… ¿sigues teniendo el *pearcing* en el ombligo? —preguntó sugerente y acercándose más a ella.

—Pensé que te habías fijado en ese detalle aquella vez en que me desvestiste mientras estaba casi congelada.

—No miré nada, te lo dije. Me preocupé por salvarte.

—Lo sé.

—Y dime, ¿lo tienes? —preguntó nuevamente mientras su mano deslizaba por el cuello de ella.

Paula sonrió pícara y se mordió el labio interior, realmente el imaginarse compartiendo dormitorio con Mateo como pareja, de verdad la incitaba demasiado. Era un sueño recurrente que muchas veces intentó borrar de su mente porque pensaba que él no regresaría, pero ahí estaba, frente a ella, mirándola como solo él sabía… sentía que si se ponía de pie, caería, temblaba por completo, de la emoción, de la alegría… de saber que ya nada la podría separar de él… Mateo era el amor de su vida y sentía que junto él, los días venideros serían una hermosa aventura.

—Eso lo descubrirás más tarde.

—Creo que no soportaré hasta la noche —reconoció volviendo a besarla…

EPÍLOGO

—¡Uno, dos, tres! —todos contaron a coro y Mateo destapó el champagne chorreando un poco, pero logrando llenar la copa de Paula y la suya. Luego cruzaron sus brazos y bebieron.

—¡Bravo! —se escucharon las voces de algunos, ovacionado aquél simbólico gesto.

—Me haces muy feliz, amor mío.

—Y tú a mí, Mateo —ambos sabían que tenían todo el tiempo del mundo para compartir lo que hoy iniciaban: un amor verdadero como el que ambos se merecían.

Mateo recibió la copa de ella y la dejó sobre la mesa, luego la tomó de la cintura y la besó. Paula sonrió, deduciendo lo que venía a continuación: se volteó y arrojó el ramo de flores a las solteras que estaban presentes, en medio de gritos y aplausos.

El ramo fue recibido por Marina Celeste quien, intentado disimular su apariencia de reportera y repitiendo ardides aprendidos de Ray Newmann, se filtró en la boda como una empleada de la empresa banquetera. El jefe de los pescadores, tan afectuosamente conocido como Don Vaca Rabiosa, regordete y de aspecto bonachón, que también estaba allí bebiendo un gran sorbo de vino tibio, la miró algo lascivo moviendo sus cejas. La mujer se sonrojó, pero disimuladamente besó el ramo.

La secretaria del hotel, Katina, que postergó su regreso al instituto por algunos meses, a fin de juntar dinero, se sintió algo triste al ver que ella no había sido la afortunada, pero Perucho, el ayudante de pescador, desde lejos le guiñó un ojo, para darle calma. Luego sus amigos vieron que tenía los dedos cruzados detrás de su espalda y le dieron unas palmadas en el hombro. Que la chica nunca se enterara, sino terminaría cantando serenatas el resto de su vida...

Eva, que también estaba en el grupo de solteras, se encogió de hombros y miró a Benjamín quien respondió con un «¡*Uf...*!» deslizando una mano por su frente como quien se alivia de una carga pesada... Eso estaba bien, porque en sus planes, ni en los de él, figuraba casarse.

Todos estaban en la fiesta de la «boda de verdad» de Paula y Mateo, la deseada... llevada a cabo en el gran salón del hotel, el que ahora contaba con tres estrellas que brillaban en el luminoso cartel que decía: «Gran Hotel Cero Estrellas».

Mateo había dejado los negocios en manos de Vicente para dedicarse a la vida hotelera y al turismo. Incluso auspició la publicación del libro de Paula, el cual había logrado una muy buena crítica por parte de la prensa especializada, muestra de aquello era que en los últimos meses el hotel estaba con lleno completo. Aunque en el pueblo también aparecieron nuevas residenciales, hostales y un pequeño hotel, incluyendo un pub, todo lo cual dotó de nuevos aires a Hellington. Al fin la modernidad había llegado y ni el Gobierno, ni la Armada, se inmiscuirían, ya que ese lugar era propiedad privada. Paula estaba en todo su derecho de negar la venta o de ceder terrenos.

—¡Ay hijo, por favor! Ve a decirle a Vicente que no haga el ridículo… el viejo de mierda tiene escondidas debajo de la mesa unas botellas de whisky… —pidió Victoria a Mateo, bastante alterada—. Iba todo tan bien, pero ahí tu padre tenía que andar «mostrando la hilacha» como dice Paula. ¿Cómo puede hacer esa estupidez? Cualquiera diría que somos unos amarretes.

—Mamá, ya déjalo. Sabes cómo es él y así lo amas, no lo niegues. Lo quieres más que a nada —Victoria bufó e hizo un movimiento negativo con la cabeza. Mateo sonrió—. Mejor vigila lo que queda de torta, si no se la va a llevar al cuarto —su madre pensaba replicar pero no pudo pues Vilma y Leticia, hoy vestidas de gala e invitadas de honor a la boda de sus excompañeros de liceo, se acercaban.

—Oye, Paula, ¿qué tal si hacemos un numerito artístico? —propuso Vilma, mirando a Toto que ya se había acercado al escenario haciendo algunas adecuaciones de parlantes y micrófonos junto a los miembros de la orquesta que dejaban de lado sus instrumentos. En tanto Benjamín instalaba un *pendrive* en uno de los parlantes.

—¡Están locas! —respondió Paula incrédula, ¿qué pensaba ese par? ¡Era su boda! No una fiesta de adolescentes.

—Sí, como en el colegio… —le recordó Leticia.

—*Es justo lo que estaba pensando* —se dijo Paula rodando los ojos.

—Anda Pauli, hazlo… —repitió Vilma algo suplicante, pero con una chispa en su mirada, ¿cuántas copas se había bebido su amiga?

—¡Vamos, señora Vicuña! ¿O no se atreve? —ahora era el mismo Mateo quien la desafiaba, tal como aquella noche en la fiesta de cuarto medio.

¿Todos se habían confabulado en su contra? ¡Pues bien! Aceptaba el reto porque sabía que podía hacerlo. Se tomó el vestido y lo levantó con ambas manos encaminándose, con su típica nariz en alto, hacia el escenario.

Vilma miró satisfecha a Leticia y corrieron tras ella. Antes de subir, Paula se quitó el velo y se lo entregó a Victoria que casi horrorizada veía cómo su nuera intentaba subir al estrado, ayudada por ese par de locas.

—Paula, hicimos un pequeñito cambio de planes —informó Vilma realizando un gesto con sus dedos. Paula la miró interesada—. ¿Recuerdas esa canción del movimiento de manos que hacíamos en casa?

—Sí, me acuerdo —respondió la novia.

—Pues esa queremos cantar, ¿qué te parece?

—Me parece bien. ¡Adelante! —aceptó Paula ubicándose en el escenario.

—Hola… probando micrófono, uno, dos, tres… —susurró Leticia.

—¿Qué será lo que quiere el negro? *Papalapapiricoipi* —continuó Vilma.

—Se escucha todo —les informó Paula.

Algunas personas rieron. Las muchachas pensaban que los micrófonos no estaban conectados, al final también rieron.

Mateo se echó atrás en su asiento, en tanto Victoria continuaba mirando a la novia que se hallaba en medio de sus dos descarriladas amigas. En fin, ya se había rendido, su hijo entraba a un mundo totalmente distinto al que con Rayén Neumann habría tenido: una gran familia y muchos amigos, todo en una isla que de idílica no tenía nada, pero que aquel día estaba sumida en un bucle primaveral producto de los arreglos realizado al hotel: ampliaciones, decoraciones y música, para que todo resultara perfecto, con tal que la pareja, amigos y familia, disfrutaran del evento, al cual se invitó a toda la isla. La idea era que la fiesta lograra unir a la gente y por sobre todo, hacer de aquel momento, algo inolvidable, en especial para la pareja que acababa de jurarse amor eterno en la capilla del pueblo, asegurándose eso sí, haberse casado una semana antes por las leyes civiles en una pequeña ceremonia en Santiago, momento que Paula aprovechó para traer su vestido de novia que su suegra había encargado a la mejor casa de diseños de la capital. El anterior, el que

Paula mandó a arreglar con la modista local, lo guardó como un bello recuerdo de la vez que pasó la noche con Mateo en la cabaña del bosque.

En cuanto a la tiara que su suegra le había dado para el «matrimonio de mentira» hoy la volvía a lucir con orgullo y elegancia. Solo en ese momento, se enteró que esa corona era de Victoria cuando se casó con Vicente, una pieza única y original. La que había entregado a Rayén aquella vez, era solo la copia pues su suegra intuía que la muchacha no le daría la importancia que se merecía…

Vicente, por su lado, comía tranquilamente un trozo de torta, esperando que todo terminara pronto para poder ir a dormir y por fin tomar unas merecidas vacaciones en aquel lugar que poco a poco lo comenzaba a encantar.

En ese momento una empalagosa música se escuchó y las muchachas comenzaron a mover sus caderas, acercándose a sus respectivos micrófonos, cantando las tres juntas:

Mira lo que se avecina a la vuelta de la esquina,
viene Diego rumbeando, con la luna en las pupilas
y su traje aguamarina, van restos de contrabando…

—Creo que tu esposa debió ser cantante —era Juan que se había acercado, tendiendo su mano. Mateo se puso de pie y la estrechó—. Felicitaciones. A ambos les deseo lo mejor. Paula es una gran mujer.

—Lo sé. Gracias.

—Este… dile a Paula que mis amigos… esos… ya sabes, los que hace meses destruyeron una de las cabañas del bosque —Mateo asintió porque estaba al tanto de la situación de esos dos. Los habían sorprendido intentando echar abajo una estatua de la plazoleta del pueblo, momento en que sus familias se hicieron cargo y los mandaron a trabajar con los pescadores. Todos sabían que los hombres de mar no habían sido muy «considerados» con el parcito y que los pusieron a limpiar vísceras—… Mañana harán la transferencia bancaria a la Junta Vecinal… sería la cuarta y última cuota de su deuda.

—Qué bueno. Ojalá no vuelvan a lo mismo.

—Creo que no. Ya aprendieron la lección y dudo que quieran seguir limpiando pescados…

—Yo le avisaré a Paula —Juan asintió.

—Bueno, me debo ir. Una vez más les deseo que sean muy felices. ¡Ah! Y la torta está exquisita.

—Díselo a tu madre, ella la hizo.

Juan Palacios giró sobre sus pies y se fue donde Toto quien lo felicitó por lo que acababa de hacer.

Pero ya era hora… Mateo no pensaba seguir esperando, lo único que quería era estar con su mujer. Así que se acercó al escenario y le tendió los brazos a Paula para que saltara, en medio de todos los que bailaban haciendo un entramado movimiento de manos al ritmo de la pegajosa canción.

Paula vaciló, pero finalmente se dejó llevar. Mateo la recibió tomándola de la cintura. Luego cruzó sus brazos por la espalda de ella y la besó con ternura.

Se escucharon algunos aplausos, en tanto Vilma y Leticia seguían en lo suyo, logrando que los invitados disfrutaran de la música y de la extraña combinación silábica que tenía la canción.

Mateo tomó de la mano a su esposa, invitándola a ingresar una sala cercana. Cerró la puerta tras ellos y la besó nuevamente.

—Vámonos.

—Hay muchos invitados todavía —respondió ella.

—Están tus padres, los míos, Ña Berta, Miriam… ellos se harán cargo. Además quiero estar contigo… Paula, mi mamá me sacó de tu habitación hace una semana, ¿cómo pretendes que esté? ¡Llevo días sin tocarte!

—Tal vez pensó que en siete días me santificaría.

—Yo te quitaré lo santa —ella rió—… Ven, tengo un plan.

—¿Piensas cambiar el destino de la luna de miel? Nos vamos pasado mañana —recordó ella.

—No, me refiero esta noche… quiero que sea especial.

—Tu madre arregló nuestro cuarto de una manera que no me imagino… no me ha dejado entrar. Tuve que vestirme en otra habitación.

—Lo sé, pero no es allí a dónde iremos. Ven, dame tu mano.

—¿Qué tienes en mente, Mateo Vicuña? —él sonrió y la acercó a su cuerpo, luego le dio un beso en la punta de la nariz.

—Señora Vicuña, la invito a un lugar solo nuestro… único.

—Deja cambiarme de ropa.

—A donde vamos, habrá de todo. Además lo que menos necesitarás será ropa…

—¡Mateo!

Él dio una carcajada y la tomó de la mano arrastrándola hasta la salida posterior del hotel. Afuera se hallaba estacionado un jeep de cuatro tracciones. No lo dudó y se sentó al lado de él, quien inmediatamente echó a correr el motor.

Al cabo de algunos minutos se encontraban en un lugar que para ambos era familiar y que les traía gratos recuerdos. Se hallaban frente a la cabaña en que habían estado cuando buscaban al supuesto sacerdote que hacía bodas falsas. Paula se emocionó al bajar ayudada por Mateo. Sabía que él algo se traía entre manos, pero esa sorpresa realmente estaba fuera de su imaginación. Al intentar dar el primer paso, él la sorprendió nuevamente tomándola en brazos. Caminó con ella hasta la entrada, en donde él mismo abrió la puerta, pero la cabaña estaba diferente, se encontraba iluminada, con una amplia cama, la chimenea encendida y con comida deliciosa sobre la mesa.

—¿Y esto? —preguntó Paula enternecida, soltándose de los brazos de Mateo y mirando cada detalle del lugar.

—Mi madre y Miriam, ellas hicieron todo. No solo se preocuparon de nuestra habitación… aunque aquello era un despiste —reconoció Mateo acercándose a ella y acariciándole la espalda. Paula volteó y puso sus manos en el pecho de él—. Además, hoy el tiempo nos acompaña.

—Tu madre está de buenas, amor.

—A tu lado, ¿quién no lo está? —agregó besando el cuello de su esposa.

—Eres, lo mejor que me ha pasado.

—Eso lo debo decir yo, Paula de Vicuña

—¿Seguiremos con eso? Soy Paula Díaz, no voy a cambiar mi apellido —Mateo frunció el ceño no muy convencido del todo. Al final de cuentas, sabía que esa pequeña batalla la ganaría.

—Eres Paula de Vicuña, mi cazadora... y te amo.

—Y yo a ti.

Se besaron mientras las luces de la estancia se tornaron tenues, un suave aroma a sándalo inundó el lugar y una música romántica los rodeó.

La isla, el indómito clima y las situaciones inesperadas hicieron que sus caminos se cruzaran una vez más, en donde el gran vencedor fue el amor... el amor verdadero.

www.ingramcontent.com/pod-product-compliance
Lightning Source LLC
Chambersburg PA
CBHW061244120726
48001CB00001B/123